何一峰 武侠小说

何一峰武侠小说

# 女衣盗

何一峰 著

中国文史出版社

## 图书在版编目(CIP)数据

女衣盗／何一峰著． -- 北京：中国文史出版社，2025.3

（何一峰武侠小说）

ISBN 978-7-5205-3980-7

Ⅰ.①女… Ⅱ.①何… Ⅲ.①侠义小说-中国-现代 Ⅳ.①I246.5

中国版本图书馆 CIP 数据核字（2022）第 234764 号

责任编辑：牟国煜

| 出版发行 | ：中国文史出版社 |
|---|---|
| 社　　址 | ：北京市海淀区西八里庄路69号院　邮编：100142 |
| 电　　话 | ：010-81136606　81136602　81136603（发行部） |
| 传　　真 | ：010-81136655 |
| 印　　装 | ：廊坊市海涛印刷有限公司 |
| 经　　销 | ：全国新华书店 |
| 开　　本 | ：880×1230　1/32 |
| 印　　张 | ：6.25　　字数：91千字 |
| 版　　次 | ：2025年3月第1版 |
| 印　　次 | ：2025年3月第1次印刷 |
| 定　　价 | ：53.00元 |

文史版图书，版权所有，侵权必究。

文史版图书，印装错误可与发行部联系退换。

# 自　　序

唐子《潜书》有言：

　　自秦以来，凡为帝王者皆贼也。杀一人而取其匹布斗粟，犹谓之贼；杀天下人而有其匹布斗粟之富，反不谓之贼乎？

　　余读唐子之言，盱衡专制阶级之种种人物，若者为君，若者为臣，若者为民，苟据有高出水平衡以上之势力，多具有高出水平衡以上之机械心，以致君盗于上，臣民盗于下。虽烽烟不起，鹤唳无惊，而天下之盗贼，固比比皆是。唐子盖犹尽指君主一部分之大盗而言，非概论也。彼夫不盗而盗，戴着欺人自欺之假面具，此因寻常人所目为非盗，而君子所目为大盗，若不讳为盗，且以盗为能事，且以盗为牛刀小试之用武地，固可抑之以盗盗盗，亦可扬之盗中有道。

曩者余纂《女衣盗》一书，已付梓矣。夫盗而着女衣，盗固不欲以真面目见假人也。着女衣而为盗，盖显然表示天下之为盗者，皆戴假面具以盗真人也。然而女衣盗之心胸，又迥不类此，益信天下之所谓大盗者，固当物色于牡白骊黄之外，彼不盗而盗之君民臣工，其聪明且谢女衣盗以不敏，其肺肝且谢女衣盗以不如，悖入悖出，以彼辈盗来之资财，供女衣盗之挥霍。女衣盗固未尝盗诸非盗之人民也。

人有梦盗帷盖者，醒而遗白："我有物也。"是盖为女衣盗所窃笑者欤。

# 目　　录

第一回　诈中诈绿林化红粉

　　　　奇又奇名盗劫仙姝…………… 1

第二回　笑里藏刀奸雄面目

　　　　胸中有竹强盗心肝…………… 13

第三回　买绒线巧遇熊捕头

　　　　入官衙办胁葛知府…………… 25

第四回　女衣侠客店说奇冤

　　　　胭脂虎公庭招实供…………… 37

第五回　刘耀南厉声责强盗

　　　　田士杰赍恨入泉台…………… 49

第六回　入虎穴大侠做新娘

　　　　陷机关英雄除害马…………… 60

第七回　歃血推诚神前盟誓愿

　　　　同心协力酒后订条章………… 72

第 八 回　杀阵布天罗雷针劈木
　　　　　英雄识好汉险语惊人 ……………… 83

第 九 回　孙虎胆厅前施绝技
　　　　　女衣侠酒后运神功 ……………… 95

第 十 回　送彩礼奸相胁镖师
　　　　　玩金缸英雄服怪杰 ……………… 107

第十一回　盗宝刀三更探虎穴
　　　　　宿客店千里抉人头 ……………… 119

第十二回　造冤狱英雄陷英雄
　　　　　劫囚车强盗赚强盗 ……………… 131

第十三回　野庙遇奇人皂衣草履
　　　　　风尘识剑侠屈节卑躬 ……………… 143

第十四回　许广泰暗陷褚教师
　　　　　吴禄堂计赚和相国 ……………… 155

第十五回　花好月圆多情成眷属
　　　　　枪林箭雨平地动风波 ……………… 168

第十六回　谈天数抚军戡叛乱
　　　　　解戈甲大盗隐渔樵 ……………… 180

#  第一回

## 诈中诈绿林化红粉
## 奇又奇名盗劫仙姝

"哦！新红，老爷怎到这会子还未回来？你给我传话出去，叫家人刘贵到府衙里去一趟，请老爷在今晚快点儿回来，玩赏这中秋的明月，公馆里的庆筵是要等老爷回来开的。"

新红听她主母刘太太的话，且慢去传告刘贵，便向刘太太抿嘴一笑道："老爷早该要回来了，今天是个团圆佳节，有什么公事，把老爷羁绊在官衙里？"

刘太太道："他今天有什么公事？又没有哪里反了，兵马杀过江来。我知道你这小妮子又懒又不正经，无论有什么要紧的事，你都是牵丝攀藤，嘴上像似系着响铃,脚上又像黏住了糖饼。好好,你不受我支使,就得给我滚蛋!"

新红听她主母刘太太说这几句话的神气之间,来得十分严厉,便一溜烟跑出了房,暗暗地笑道:"大不了一个当府师的妻子,倒会把威风使尽了。哎!有朝一日,叫你认得老子的手段。"

新红一面想,一面跑到门房。那些小幺们一见新红来了,因她是太太房里新来的丫鬟,倒很知情懂窍,大家只顾挤眼色做手势地逗着新红玩笑。

刘贵更是精灵促狭,用一个手指轻轻向新红眉尖上一戳,新红也笑了一笑,举起手来要打刘贵。刘贵把个嘴巴斜过来,说:"姐姐打了吧!"

新红又把手缩回了,说:"打坏了我这只蒲葵扇,拿什么去扇风炉?哎哟!刘二叔,我想起一句正经话儿来了,方才太太在房里生气,差我叫你到府衙门去,问老爷一声儿,无论老爷回公馆不回公馆,总该给一个信儿回来,不要把我们太太肚肠子都气破了,望着那一轮明月害相思。"

刘贵便跳起来说道:"太太的脾气我是知道,她一刻不见老爷又要恼,她一刻见了老爷又要笑。从来做官的人，哪有放着衙门里公事不办，天天陪太太在房里开着心的道理？诸位弟兄们，在这里陪着新姐姐，我去府衙走走就来。"说着，便匆匆走出门去。

这里一班小幺们团团把新红四面包围起来。新红趁个空儿，向里面跑去。小幺们还不肯舍，无如她的六寸圆趺没有受过包裹，跑得脚步像飞一般的快，还不是望她跑了进去。

新红进去禀告刘太太，说："已着刘贵到衙门去请老爷。"

刘太太等了一会儿，还不见她丈夫刘耀南回到公馆来，便招呼她小姑刘韵燕，商议一阵。先吩咐新红在庭中焚好炉香，点着水月纱灯，以及月饼、藕、橘果品等类，一齐陈设下来。

这韵燕小姐，生得细白娇嫩，粉装玉琢，眉眼间流露出妩媚的神态来。穿着藕色湖绸的袄裤，系着十锦镶花淡红色的罗裙，同着她嫂子次第拜月。那多情的皓魄，像似知道有一位多情的美人儿要拜它的意思，从云衢里穿破出来，分外比平时晶莹光彩。姑嫂拜过一会儿，说着闲话。

刘太太道："奇呀！你哥哥还没有回来，当真衙门里在中秋佳节，还办公事吗？"

韵燕扑哧地一笑，说："公事是没有的，我怕他是私事绊得住了。在这节关热闹的时候，也许被同僚中人拉他去吃花酒、打茶围了。"说罢，不由咬着拈巾一笑。

刘太太在自己鼻子上羞了羞道："姑娘这些话，你怎生说得出口？你哥哥不是那样糊涂的人。"

说到这里，粉脸上不由红一块白一块起来，回头望着新红气道："你替我叫刘贵去请老爷回来，怎么他请不来老爷，连一个信儿也没有？敢是掉下大江心里去了……"

话犹未毕，早见刘贵跳得前来。

刘太太道："老爷可回来没有？"

刘贵道："老爷有事耽搁住了，怕今夜来不及回公馆陪太太吃月饼。"

刘太太道："刘贵，你是在府衙门里会见老爷，还是在那些不尴不尬的地方会见的？"

刘贵道："老爷在衙门里，刘贵没有会见，是打听得老爷不能回来的。"

刘太太指刘贵骂道："你可该死！你没有会见老

爷，怎说老爷今夜不回来了？你这奴才，惯会造谣生事。"

刘贵正要回答，忽地又从外面跑上一个人来。刘太太认得是老爷的爷们吴顺回来了。

那吴顺劈口便问："太太，公馆里在这几天以来，可有强盗进来没有？"

刘太太道："是什么强盗不强盗的？你满口说些梦呓，怎的你老爷也不回来吃个太平宴？"

吴顺喘吁吁地说道："太太说的好宽心话！这件事外边知道的人很少，也无怪太太还蒙在鼓里，提起来真是奇怪极了。"

刘太太转口道："吴顺，你老实说出来吧！"

吴顺道："方才老爷在花厅上陪着府大人闲话，因为淮安成公馆一件盗案，有移文到府大人那里，府大人随手拆开，将要紧的话看了看，便将公文收藏起来，说：'耀翁，你怎么窝藏着江洋大盗？'

"你想从本朝太祖皇帝定鼎以来，递传四世，翻开《扬州府志》一看，这地方托大清国的鸿恩庇荫，并没有江洋大盗的踪迹。耀翁是个读书的人，怎会伙通大盗，窝藏在家？

"老爷起身禀道：'大人明鉴万里，学生若犯了窝藏江洋大盗的嫌疑，就得请大人遣调兵捕去搜一搜，果然学生窝藏大盗在家，学生愿甘领罪。'

"府大人道：'话不是这样说法，本府曾在山东境界，历任府县官佐，不下三十有年，深知这类江洋大盗最是诡秘不测。一望而知他是个强盗，这强盗在山东只称得是新水子（在绿林中资格最幼，盗技不精，称为新水子）；始终给人不容易看出丝毫破绽的，方算得是个江洋大盗。耀翁对于他种公事是个个中人，唯有办理盗案，恐怕还是个新水子呢！不知近几天来，可有什么远方的人投到耀翁那里？总之他头上没有写着江洋大盗，任谁一落眼也不能分别出来。耀翁可仔细想一想看。'

"老爷听了回道：'这几日来，不但没有远方人投到学生那里，便是本城的人，除了几个有名绅士而外，也没有人到学生那里去联吟觅句。所有几个家人小厮，都是从家乡带来的，深知他们不是强盗，大人请急调齐兵捕去搜一搜好了。'

"府大人听了一笑。看老爷面不改容、口不喘气、说话时仍是往常的一样，府大人不由沉下脸来，厉声喝道：'好不识抬举，你以为是和你讲客气的？本府看你为人很知趣，成全你一点儿颜面，好好地对你讲，你竟敢在本府面前掉谎。'说罢，便高叫一声：'来！'即有一个衙役进来，府大人立刻派令将老爷拘押起来，好生看管。小人只吓得魂不附体，趁府大人不备，好容易溜转回来。太太，我们公馆里，不是没有强盗进来吗？"

刘太太听罢，急得顿足说道："好糊涂的葛知府，他们做大官的放一个屁，比做小官的说出一部天书还响当些。他居然指盗是盗，不容老爷分辩，竟将老爷看管起来，怪道刘贵到府衙门去，没有会见老爷。皇天菩萨，可是怎么好？"

说到其间，喉咙里已呜呜咽咽起来，只顾光翻着泪眼望着韵燕。

韵燕道："怕什么？大人真个同哥哥不讲交情，也不放吴顺回来，先让吴顺回公馆通个信儿，便是我们公馆里窝藏江洋大盗，还怕什么强盗逃不了吗？先放吴顺回来，然后再准备调齐兵捕抄搜，这是大人恐怕哥哥无意将强盗窝藏在家的意思。就令大人真个同哥哥不讲交情，硬要栽哥哥一个窝藏大盗的罪律，但是我们公馆里，实实在在是没有窝藏大盗，没有搜出赃来，能栽谁是强盗？没有搜出强盗来，能栽谁是窝家？还不是客客气气地把哥哥释放回来。"

她口里虽是这么说，那心头小肉不知怎么似的，只鹿鹿地乱跳乱撞起来，回头又向新红望了望道："新红姐，你看我这话说得对不对？"

新红露出微微的笑容，像似耳朵里没听见有这回事的样子。

韵燕的一颗心好像立刻可有些稳住了。刘太太也觉韵燕这一篇话像煞很有点儿道理，急吩咐着新红收拾庭中几案香烛果品等类。新红刚才忙着收拾香烛，忽地刘太太、韵燕嚷叫起来。

新红情知不妙，一闪身，看有两个人影子在屋檐上闪得下来。两人手里都握着明晃晃雪亮亮的一把钢刀，在月光下闪烁不定，就有一个人早蹿前一步，陡喝了一声道："朋友，你那事犯了……"

话犹未完，新红早抢了一只烛台，冷不防那人一把大刀早刺到她的左肩窝里。新红说一声："来得好！"一闪身，早蹿到那人的背后，不待他转身，两足向上一腾，全身凌空，那烛台上的蜡烛早抖得去了，就将烛台上的铁签直向那人当头顶上直刺下来。这架势名为雷针刺木，是一个杀手的要作。

那人觉得上面的风响，离顶梁不远，要蹲下了身躯，哪里还来得及，早被新红一铁签从那顶梁上刺下。新红落下平地，抽回铁签，上面已染着红红的鲜血。月光下，分明看得那人已躺在地下，两手向两边一分，两足向前伸一伸，早已呜呼哀哉，伏惟尚飨了。

还有一个执刀的，见新红有这么大的本领，在那里延挨了一会儿，不敢向前，忽地鼓起奋勇，闪到这新红面前，扑的一刀，向新红左肩窝里刺下。这一刀刺下去，怕不要刺穿了新红左肩窝里的锁子骨？新红笑一笑，分明认得他是淮安的熊捕头，且不闪让，看他是怎样地刺穿了我的锁子骨。说时迟，那时快，早听得当地作响，那刀从新红的肩窝上直刺下去，想不到新红肩窝里的皮肉比生铁还坚硬，不但没有刺破新红的一块油皮，反将那一把大刀刺卷了口，熊捕头右手虎口上都震得疼痛起来。

新红一甩手，把烛台倒刺在地下，刺入青砖中有一寸多深，趁这当儿，夺过熊捕头手里一把尖刀，用刀指着地下的青砖说道："看你再敢在田大老爷面前放刁，这便是你的榜样。"一面说，一面早使一个鹞子钻空的架势，上了屋脊，施展那飞檐走壁的功夫，鸡犬不惊，早已如飞而去。

熊捕头虽有冲天的勇气，无如这强盗的本领太厉害了，还不是白白地看着他飞越而去？再来看一看同来的伙伴，他也是扬州城里有名的朱捕头，心思虽没有自己细，眼睛没有自己厉害，但胆量却比自己壮大，本领却比自己高强，如今不幸被强盗用烛台上的铁签从他头顶上直刺下去，卧在这血泊里，早已气绝身死。兔死狐悲，熊捕头也不由凄然心动，忽想起强盗临行的时候，曾说出自己的真姓，心里更是诧异，暗想：田大老爷这一个人，在江湖上很有点儿声望，我知道他的名字叫作田士杰，他是北方的人，身份轻而本领大，班辈小而名气高，听说他是杀人不眨眼的魔君，这回竟饶了我的性命，还算他意外的恩典。

熊捕头越想越怕，总怕这案子是办不活，但这强盗既然曾隐在刘公馆里，刘爷虽不知情，刘公馆里太太、小姐多少总和这强盗有些关系，看刘太太、小姐都已躲得去了，在四处搜寻了一会儿，连刘家的小幺们，一个个也都闻风远扬。

到韵燕房里一搜，不见一人。再转到刘太太房里，看刘太太躲在那里，口内不住地念佛，两只腿都抖得像摇铃的一样，也就不客气地把刘太太从房里请出来，到府衙前回报去了。

看官要明白，那淮安知府怎知这强盗在扬州刘公馆里？熊、朱两捕头只有他们两个人、两把刀，到刘公馆里捉盗，怎么没有兵伙前来帮捕？那强盗究是谁人？刘耀南是否知道这强盗的来历？这其中自有破天荒的离奇情节，不妨待在下慢慢写来，才知这强盗不但本领高强，且性情肝胆迥与普通强盗不同，其翻云覆雨的手段，真个入如处女，出如狡兔，说来令人叫绝，可谓自有强盗以来，未见有这样离奇诡诳的强盗。

正是：

身有戈矛胸中竹，盗中良选将中才。

欲知后事如何，且看下回分解。

评曰：

开篇文情叠锦，笔渍流香，洵为侠盗书中别开生面。刘太太中庭拜月一节，看似闲文，然跌出耀南被拘公署，备觉事生不测，此为立地翻空之法，而妙笔写来，便如恶虎离山、毒龙搅海，真奇文也。

写新红一登场，不失青衫本色，胸有利刃，绝不微露光芒，反至拒捕格杀，真面目便拆穿矣。吾不羡彼有生龙活虎之气概，独羡彼有波谲云诡之手段，而不意寄人篱下之可怜婢女，即生气虎虎之独行大盗也。插叙处约然若有所指，茫然不知所归，亦饶有匣剑帷灯、马迹蛛丝之致。

第二回

笑里藏刀奸雄面目
胸中有竹强盗心肝

　　要写强盗田士杰的手段惊奇，请先写捕头熊克明的眼睛厉害。

　　这熊克明在淮安做了十多年的捕头，新任知府王超因他的本领很好，叫他同自己的侄儿王铎讲论武艺。王铎也破格同熊克明接近。就因熊克明喝醉了酒，和王铎三言两语不合，便厮打起来，被王超知道了，将熊克明责了一百大板，斥革了捕头。

　　熊克明因他们做官人的面皮转换得比什么都快，那王铎可是公子哥儿的性情，要从自己学武艺，便来亲近，酒后误会得罪了他，毫不肯看在平日的交情，转在他叔父面前说我的坏话,我不当捕头,不见得没饭吃、没衣穿,我安安稳稳做着本分的百姓。他是做官的人,我不犯法,再凭什么打我一百大板呢?想到这一层,转觉得无事一身轻,好生自在。

这日,熊克明兀自逛到东门城外郊野的地方,打从一座树林里经过,看有一只兔子向树林里钻去,熊克明一时见猎心喜,手里没有带兵器,不由向着树林赶进。猛然看见那疏疏树林中间,有一个浓妆艳抹少年美女,伏在一棵树下打盹,像似已经睡熟了的样子。熊克明暗暗一笑,要在那女子肩上拍一下巴掌,不防那女子已经醒转过来。

熊克明看她脸上没有怪气,在这光天化日之下,哪有妖怪会出来骇人?看她又不像小家的姑娘、大家的碧玉,两只脚量来约有六尺,更不是大家的闺秀,并且没有孤单单一个女子会到这树林里打盹的道理,心里早已有了路数,不由向那女子笑道:"朋友,我们这地方没油水,请会一会脚步,到别处去一去好吗?"

那女子见熊克明的容貌粗浊不堪,看他那两只眼睛棱棱地闪出电光来,心里也自悔孟浪,不该露出这般的马脚来。然听他说话的神情，毫没有加害的意思，竟向他说一声："领会得！"走出树林去了。

熊克明听他这一句话，只当作已心心相印，用不着再说了，也不必再去寻那兔子打野食吃。

回到家中，暗想：我若不被王知府斥革了差事，今天碰到这种东西，才是开心的事。看他那模样儿，纵有点点的功夫，并不是一员战将，无论他化装化成个什么人，一落到我的眼里，就知他手段虽高，武艺不济，凭我这般龙拿虎掷的一身本事，要处死他一个小小的响马强盗，比踏死一个蚂蚁还容易些。如今我吃的是自己饭，又不吃官家饷，也懒得同他们绿林中人结下海样深的冤仇，却讨不了官府的欢喜，我又何苦来呢？熊捕头把这件事放在胸中停搁了一会儿，也渐渐放置下来。

有一夜，熊克明方才合上了眼，即听得窗外有人叫了一声："老熊！"

克明一时醒转来，看窗外有一个人一闪，早不见了。熊克明忙披衣而起，走出窗外一看，见没有丝毫风响，心里甚为诧异，做梦想不到是前日在树林里遇见那样化装的强盗，敢在如来佛面前卖弄他的神通。

回到床上，只顾暗暗叫作奇怪。

在床上坐了半夜，天光还没有大亮，即听有人敲着前门响。熊克明的妻子被熊克明唤得起来，走到前门问道："是谁大惊小怪？"

外在人答应："是衙门里人，要来拜见老捕的。"

熊克明的妻子开门一看，见有五十来岁的老头儿，穿着短衫，衣履很是寒俭，疑惑是衙门的穷光蛋，在赌钱场里输了钱，把长衫都剥去了，要来寻老捕头借赌本的，只得请他在客屋里坐一坐，便去告知克明。

熊捕头听说是衙门口人到他那里借赌本，这是平时惯见的事，不想这位老光蛋来得很早，便模模糊糊地披着衣服，走了出来，口里便发作道："这些老光蛋，半夜三更，不会挺尸，专去赌钱，我哪有这许多钱借给他们捞回本来？"说着，已走到客厅，一看，暗道："不好了，不好了！这不是府大人吗？怎的装作老光蛋的样子，屈尊枉驾，兀自一早就到我已经被斥的捕役家里来？"他一面想，一面忙朝前叩接。

王超一把将他扶起，说："不敢当！这是私地不是衙门，你我只可做主客的应酬，不必行公堂的大礼。"

王超之所以这么客气，实在是保持利禄，并非破格礼贤。他因今夜三更成公馆里发生一件盗案，看成公馆的呈文，早知那强盗本领很高，不是那些滥竽充数的捕头捉得住的。这件盗案办不活，成家的来头很大，成大人是当今五王爷面前的第一红人，要不肯饶恕他，责成他要几人头销案，还要追回赃物。他当时一想不好，又想起熊克明的好处来，深悔当日不该革打了克明。如今再叫他来办案，他不肯来，就对他没有强制的好办法，只得改装换服，到熊克明家来。就因自己如摆着官架子，人看见反笑自己不顾官格，堂堂的一个四品官员，也会拜请一个已经斥革的捕头，于自己的体面上大有关系。

谁知熊克明那时见王超越是客气，心里越诧异，又听王超起身说道："老捕头，我这时已知道我自己的不是，得罪了老捕头，请你仍到我衙门里办公去吧！"

熊克明含笑回道："大人不用客气，下役是刑伤人犯，岂能再到大人的衙门？还求大人体谅。"

王超哈哈大笑，扯着熊克明的手说道："那是我的不是，老捕头将我的不是来责备我，也没有别法，你这里若有板子，我就俯伏在老捕头面前，随便老捕头打我多少屁股。"

熊克明心想：一个当捕头的，哪有受过做官人的这样恭维？纵然府里发生什么要紧大案，急来求我，我的面子也十足了。我不答应他，一则叫他面子上太难为情，再则怕他恼羞成怒。他要我办案，才来请我，我若不识抬举，他翻转面皮，我再答应他，还有什么面子？而且在先动极思静，当差便想做老百姓，于今静极思动，做老百姓又想当差使，好再显一显自己的能干出来，便露出很诚恳的神气说道："蒙大人这样栽培下役，叫下役何以为报？"

王超听他这话，忙将他带到衙门，用款待生员的礼貌款待着他，复了他的差使，才走进上房，延挨了一会儿，便坐上了大堂，遂传上捕头熊克明怒道："今夜三更的时候，有一个女强盗到成公馆去，削去大姨太太两个耳朵，盗去她耳朵上的一对儿八宝珠环，价值三千两。那女强盗是强盗不是妖怪，她能犯案，你就能拿她破案。于今本府放你两天限，在这两天限内，不能将赃盗拿获到案，仔细你的两条狗腿！"

熊克明到这时候，才知成公馆里发生这么大的盗案，又在昨夜三更时候，强盗又是个女强盗，一想到这里，不由暗暗叫一声苦。又想：我前日在树林间，曾见得那么一个化装的强盗，我就支使他到别处去，他说一声领会得，谁想他还在我们淮安，做下这么大的案件。他说那句领会得，不是已领会得我的言语中肯，还是早领会得我的本领有限？这强盗太可恶了，他居然这样地藐视我。他的能耐，也就可观。

在昨夜二更的时候，我在床上刚合上眼，听有人唤我一声老熊，原来那东西还是先来通知我一声，然后才到成公馆里作案，故意在我面前卖弄他的本领，不是寻常狗盗鼠窃之流。他敢这样地藐视我，我不将他拿缉到案，怎使他知道我的本领？但府大人这两天期限，说得太短促了，便在堂下叩头道："不是下役求大人宽限，恐怕这案子在两天期内是办不了，大人待下役天高地厚，下役便拼却性命，就办不了的事，也当竭力去办。但求大人要展期半月……"

王超不待熊克明说完，便把惊堂拍得连天价响，说:"好混账的东西,本府给你两天限,有什么强盗办不了,胆敢和本府刁难起来?好!本府不给点儿厉害你看,怎知本府的手段?"说罢,便拿了一张拘票,在上面用朱笔画了几画,发交两个公差。

不一会儿,已将熊克明的家眷拘到公堂,概行拘押。熊克明想到做官人的厉害,真个翻手作云,覆手作雨,再跪前一步,向王超求道:"无论如何,总得求大人宽展期限。"

王超向他骂了一声:"放屁!"就吩咐一声:"退堂!"怒容满面地进去了。

熊克明当日拿缉赃盗,却没有一条线索。

第二日,仍是石沉大海,毫无一些消息。

晚间,兀自坐在家中,愁眉苦脸,想起明天的限期到了,又要责打板子,这王知府也算厉害极了,强盗得了手,已经远走高飞,叫我到什么地方去捉强盗?他要保着自己的禄位,硬要在我腿上追赃捉盗,就不顾我的性命。

熊克明正在这么地胡思乱想,忽听得外面有人高喊着:"老熊!"

熊克明这时听他的声音很熟,知道是那个强盗来了，心里又惊又喜，放大了胆，走出门来一看，哪里还见到强盗的横眼睛竖鼻子呢？在门外四处搜寻了一会儿，回到厅中坐下，猛看见桌上放着一封信柬，那信柬在手上一摸，似乎里面还包着两件小小的东西，料想其中定有蹊跷。刚拆开信柬，即现出闪烁烁的珠光宝气出来，里面不是放着八宝珠环是什么？

那信柬上没有字迹，画着一个人手。熊克明是面南坐着的，看那人手，分明指着东向一道的城墙，其余什么东西也没有画。

熊克明呆呆地愕了半晌，运动他十来年当捕头的经验理智来推测，忙把珠环用纸包好，藏在身边，把那信柬放在灯前烧了，自言自语地说道："我若将这晚的事禀告王知府，献赃不献贼，将来我办得了强盗便罢，办不了强盗，他要办我伙通。照这信柬上画图的意思，这强盗分明在扬州城里，他在成公馆里作案，预先叫一声老熊，于今我正预备拿缉，又来叫我一声老熊，他分明要在我面前显得手段惊人、胆量异众，却把这赃物仍送到我这里来，这是怎么说呢？他盗这东西做什么来，天下哪有做强盗把盗来的赃物转无缘无故送给人的道理？可见他一不是怕我，二不是让我，自然仍是在我面前显得他的本事，不专为要做一件盗案，贪图这价值三千两的一对儿珠环。他在我跟前也算争足了十分光彩，我若不去拿得他的踪迹，转显得我是公门中的无名捕役。这强盗若在别人的意思推测，他分明告知在扬州城里，别人绝不说他尚在扬州城内，若在别个强盗的意思，我到扬州城内去访到他，再到衙门中兜一个圈子，别个强盗决定趁在这机会要逃走，他是绝不会逃走的。我的意思与众捕役不同，他的性情也和众强盗有别。我若看错他的心思，我就抉去这一双眼。若在拿捕别个强盗，要先紧一步；至于拿捕这样最争强、最好面子的强盗，要先宽一步。我明天若到府衙里，依旧没有将强盗捉捕到案，空冤枉这两条腿子，我又是何苦？不若先到扬州去访个水落石出，看这强盗窝藏在什么地方，然后再回报王知府。他因强盗有了踪迹，也不用和我为难，责我违限的罪。访不出强盗的水落石出，依然是苦了这一双腿，砍头是不会有的事。"

主意已定，便走到一个捕役家里，托他在府大人堂前声明，就说自己已得到强盗的线索，到扬州相机踩缉去了。

那捕役唯唯听令。熊克明便到剃头铺里，剃去了胡须，束好辫发，又去打开裁缝店门，买了一套道士的衣服，乔装改扮，连夜便到扬州城来。一路到得扬州，先在各庵寺中访了个遍，恰没有一些影响。

　　也该事有凑巧，这日熊捕头刚走到一座十字街口，见一片人声鼎沸，好像有人在那里鸟乱起来。熊捕头近前一看，一颗心喜得直跳起来，暗想：强盗还在那里。

　　正是：

　　　　半空显出拿云手，羡君着眼甚分明。

　　欲知后事如何，且看下回分解。

　　评曰：

　　强盗奇矣，捕头亦奇，无此奇捕头，殊无以显出奇强盗。奇盗自有特异之行径，奇捕自有特异之见解，强盗之语中有刺，捕头之眼中有星，写来入木三分，非徒以诡谲离奇见长也。

写王超活似一个王超，写熊克明便活似一个熊克明，真如演戏一般，做得十分好看。

女衣盗来时稀奇，去时古怪，观其行，察其径，性情肝胆，已昭然若揭，洵可为盗中之有道者也。

第三回

## 买绒线巧遇熊捕头
## 入官衙办胁葛知府

　　原来熊捕头一眼看见一家绒线铺里，有一个袅袅婷婷的丫鬟，在那里买绒线，就有许多轻薄的少年，团团地也挤在那里，你也买些花绒，他也买些丝线，他们醉翁这意原不在酒，团团地将那丫鬟包围起来。那丫鬟虽是一双鲉鱼足，但姿首可人，抹嘴描眉，只在那里拣着绒线，不怕有人吊她的膀子。

　　那柜台里有一个小伙计，正同丫鬟交易着，猛见得丫鬟向那伙计指了一指道："放你娘的哪里屁，杀头的小东西，你蛋黄子大的人，七说八道地想讨你姑奶奶的便宜，快将绒线给我，这一百大钱是扣准了。

姑奶奶拔一根毛，就给你剔一剔牙齿。"说着，即伸手在那伙计嘴巴上轻轻拍一巴掌，登时红肿起来。那伙计还是嘻嘻地笑。

这时，又有一个伙计说道："小胡相公做生意是正经，也会同人家嬉皮赖脸的，被人家女人扫了一个耳光，看你羞也不羞。"

小胡相公才自认晦气，和那丫鬟规规矩矩地交易着。那一班轻薄的少年早在那里拍手打掌地笑着道："小胡相公，今天可是遇着辣手了！"

那丫鬟掩口一笑，买过绒线，走出店门，抬头看见熊捕头站在那里，笑了一笑，翻起两个滴溜溜的眼珠，只顾盯在熊捕头的面庞上，说："你不是熊……装作什么道士？"

原来熊捕头在先已认出他是树林中遇见的那个强盗，受他两夜的奚落，知道他的本领比自己高，却料不透究竟要高到什么程度。身边虽有公文，和他硬来是敌不过他的，且我是淮安的捕头，因怕府里追比，到扬州来踩缉他，不曾带有府里的移文，再到扬州府县衙门去，请兵调捕。

心里有了这个计较，便向他打着讥讽笑道："我是道士也好，不是道士也好，姐姐不向这些少年人落眼，反呆呆地望着我这半辈老道士，大略姐姐心里也明白了？"

那丫鬟也淡淡一笑道："有什么不明白？我且问你，你到我们公馆里去，不拘哪一天，要去须到晚间去才好，我并不躲闪，要同你比较比较，看你神眼将军，能战得过我这红莲官主？你可知我魂儿、梦儿，在这几日时间，哪一时忘记了你？"

一班轻薄少年见公馆里丫鬟和这老道士在长街广巷中说着喁喁的情话，各人也凑个趣儿，都说："老道士太不守道规，却看上这位大姐姐了。"

熊捕头笑一笑，说一声："领会得！"

那丫鬟也笑一笑，说一声："我早已领会得了！"

那丫鬟一面笑，一面袅袅婷婷地走了。

熊捕头在那里目送多时，听一班人的论调，说他是府衙门刘耀南刘师爷公馆里新来的丫鬟，名唤作新红，玲珑尖巧，艳质油腔，有刘太太那样的主子，才有新红这样的奴才。众人说笑了一阵，也就一哄而散。

熊捕头到这时候，越发相信这强盗是不会走的，也许在那刘公馆里，要演出一场奇剧出来。连忙回到淮安，见了王超，禀说这强盗的踪迹所在。

王超因他既访到强盗的踪迹，也用不着追比他，竟发下公文，乃令熊克明投到扬州府衙门里，调捕搜捉。扬州知府葛鉴堂看过公文，便将刘耀南严加看管，这一种情节，已在第一回书中表白过了。

当时葛鉴堂将刘耀南收押以后，便暗令捕头朱得标带领捕伙，会同熊捕头前往刘公馆搜赃捉盗，却不防刘耀南爷们吴顺溜得回来。

在吴顺未回公馆的时候，熊、朱二捕头已禀过葛知府，因为这件案子，人多了固办不好，人少了也办不来，有他们两人前去，便宜行事，这强盗才捕获得住。

葛知府很相信他们两个捕头都有些见识、有些手段，也就照着他们的意思办去。吴顺到得刘公馆的时候，这两个捕头已伏在刘家后堂屋瓦上面，相机行事。

再说葛知府回到后堂，忽然想起一件事来，因为无意间放走了吴顺，给他回去报信，这强盗难道还赖在那里待捕不成？自己恨自己办事不妥当，一着失错，输却了满盘棋子。心里正在那里懊悔，打算这强盗要跑得毫无踪迹了，忽地听得呀的一响，有一个人闪得进来。

葛知府的爷们喝问："是谁？"

"谁"字刚才出口，即见有一个浓妆艳抹的青衣女子，手里握着寒灼灼、风飕飕的一把大刀，用那只手抓住葛知府的衣袖，这把刀已搁在葛知府的颈项上。

两边的爷们正要呐喊，葛知府摆一摆手，意思是禁止他们声张。

那个女子向葛知府笑了一笑，说："你认得我吗？我就是在淮安成公馆里作案的强盗。"

葛知府从容说道："本府看你的本领，在千万人当中，也难寻出你们这样做强盗的人物，你可知道你这本领是不容易学来的。天既生你这样的精明强干，应当为国家出力，立志疆场，才不辜负你一身的本领，为什么走上这一条道路上去？难道你有难道的隐情吗？"

那女子也从容回道："本领好有什么用处？你看这偌大的一个大清国，哪有我们这样人立功建业的机会？做强盗怕什么？我不做强盗，就更闲得没有事做。我与其闲得没有事做，就不若爽爽快快地做个强盗。"

葛知府道："即算你高尚其志，不愿置身仕途，逼你做个侠盗。你既是有肝胆、有血性地做个巾帼英雄，不该做下这么大的盗案拖累别人。要盗人家的东西，为什么无辜伤害人家的耳朵？像你这般行径，就杀了我这脑袋，本府不承认你是个侠盗。"

那女子道："原因你不是我们绿林中人，本也难怪，不懂得我们绿林中的道理。天下欺人的人，喜欢欺无钱无势的人，要恭维有钱有势的人；我们做强盗却喜欢恭维无钱无势的人，专欺负有钱有势的人。他越是钱多势大，我们越会看上他，盗他一点儿财物还是小事，如果他是宽宏大度的人，尽管他富贵寿考，知道银钱是淌来的物，便叫我去盗劫，或是大门忘了不闭，或是房门设而未关，我若去盗他，就是个鼠窃狗偷的无名小辈，这值得什么？若是提心吊胆的人家，钱多无处藏，朝朝怕贼，夜夜把个'盗'字放在口里，无论怎样，我纵去盗他一回，使他知道我的见识，不容易料着，省得他把强盗看轻了。我做这么大的盗案，所受我拖累的人都是精明强干的能人，不是碌碌庸庸的鼠辈。譬如强盗是怕捕头的，但我怕无用捕头受我的拖累，越是那地方有厉害的捕头，我越不怕案子做得大，越不肯躲避，使他知道捕头是强盗做的，做强盗的本领也会有胜似捕头的。若是那地方没有厉害的捕头，他便请我到那地方作案，我也不肯做这种不值价的事。我因成公馆那个七大八，平时的人格极贱，身份极贵，她没有丝毫的本领，一般驱奴御婢，享尽寻常妇人所不能享的福，什么邪荡无耻的事都干得出来，我不是专为盗她那耳朵上一对儿珠环的，就因她平时的性情太可恶了，割去她的两个耳朵，挂点儿红也好。"

葛知府问道："你就是前来和本府评白这个道理，还是来行刺本府，还是自首呢？"

那女子又笑一笑道："你虽称得起是个好官，我和你往日无冤，今日无仇，我不欲行刺你。但我的性命也不是一文不值，这种道理，也无须向你声明。你既遣捕捉我，须知我们这样强盗，不是兵捕可以随便缉获的。我若被兵捕可以随便缉获，我做这种没有本钱的买卖不是一次了，就该早已滑了脚，此刻坟头上,怕不长起青草来吗?我是到你这里显一显我们做强盗的,其中也许有这种好本领的人,你若再看轻了我,你这眼上就没有长着眸子。还要嘱咐你几句要紧的话,可是已来不及了,停会儿你自会明白。"

葛知府方欲再问下去,那女子只一松手,在他面前一闪,已不知闪到哪里去了。两边的爷们只觉有一道电光在人头上闪了过去,如流星一般的快,什么女子也不见了。

葛知府不由长叹了一声道:"国家将士的武术,哪里及得上一个做强盗的!"

这时候,便从外面走出一个爷们来,向葛知府低头说了几句。葛知府好生诧异,立刻升坐大堂,但听熊克明在堂下叩禀道:"青天大人的明鉴,这强盗的行径甚是古怪,方才下役同朱捕头到刘公馆里捕捉强盗,正在那里收拾香烛,我们打算冷不防从屋上蹿下来,总料这强盗要捉得住了。谁知强盗还没有捉住,倒被他一烛签戳死了朱捕头,又夺去下役的一把尖刀。"

说至此,便又掉着枪花禀道:"这强盗一个闪身,已飞到空中,把个红纸色朝地下一掼,向下役唬喝了一声道：'呸！这八宝珠环，总算还给你了，你须明白我们的强盗，本领还比捕头高。这一对儿珠环值不得什么，你拿去缴公吧！你这种脓包货，田大老爷是不屑杀你，不是不欲杀你的。你若再敢在田大老爷面前放刁，包管你立刻间要碎尸万段。'其时下役手中一没有弓箭，二又不是飞得起的好汉，眨眼间那强盗已去得不见踪迹了。低下头来，拾起纸包，放开来在月光下一看，一双珠环，炫睛耀目，上面嵌着八宝，不是成公馆的赃物是什么？下役捉不住强盗，因为高家的人纵有知道强盗行径的，可是那一家的人都跑得精光，连刘小姐也不知躲到什么地方去了。下役只将刘太太拘得前来，现在堂下，乞大人示下讯问。"

葛知府听完这话，虽然熊捕头掉着好些枪花，但葛知府已领教过强盗手段了，却把熊捕头这一节话句句都当作实情，便将刘耀南的太太传得上来。

刘太太俯伏堂下，不住地打战。葛知府猛然向刘太太面上一望，不由暗暗叫了一声："哎呀！"便唤刘太太小名说道："琴香，你须仔细上前认一认我。"这句话说完，喉咙里好像有些咽得住了。

琴香抖抖地回道："大人在上，犯妇不敢抬头。"

葛知府道："这是本府的堂令，你不要延挨，快抬头来认一认我。"

琴香真个抬头，向葛知府一看，像在哪里会见过的，忽然想起来了，暗忖：他不是那王鼎的兄弟王萧吗？如今恶冤家相逢对路，我是一个犯女，怎逃过他的掌心里？

原来这琴香是杭州的妓女，在杭州水仙院中，高张艳帜。有一个富家的公子，自称是潮州人王鼎，到水仙院里去打茶围，衣服甚是堂皇，金钱也来得挥霍，看中了琴香这脸蛋子生得俊，掐都掐出水来，王鼎花去无穷的钱才将琴香嫖得上手。其初，琴香和王鼎款洽之间，正如现今寒暑表靠近火炉旁边，爱情的热度已达沸点，后来见王鼎身边的金钱渐渐掏得空了，把行李、衣服都当完了，那琴香便又去玩弄别个男子了，哪里还把王鼎看在眼里？王鼎困在这水仙院里，正如冷庙里的泥神，轻易热气也没有人去呵他一口，渐渐地生起病来。琴香一想不好，因为王鼎占住了自己的床铺，天天求着琴香去请医生，琴香便和鸨母商量，便用出一条歹计来，在药材铺里悄悄买了一包巴豆，晚间趁王鼎嚷着她要茶的时候，便将那巴豆汤捧到王鼎面前，说："这是求的仙方，比那些丹丸散药都还灵效。"

王鼎也不问她是什么仙方，口里实在渴得凶，一口气呷了好几杯巴豆汤，病里昏昏沉沉地辨不出是什么药味，吃下去腹便一阵阵响动起来，说："这真是仙人的琼浆玉液，琴香，你听我肚皮里，不是碌碌地响动吗？"

琴香真个听了一听，一时卸下晚妆，把王鼎当初赠送她的一只玉麒麟卸下来放在梳妆台上。

那王鼎服下巴豆以后，腹中连泻了几阵，那巴豆真有冲墙倒壁的功能、刮脂磨肉的力量。王鼎本来身体上已病得不像个人模样了，接连泻了半夜，只剩得棱棱的瘦管几根、瘪瘪的精皮一片，两手一直，两足一伸，早已死去多时。

水仙院当夜通知地保，报请官府。因王鼎实系病死，身上没有伤毒，照例令水仙院将王鼎的遗骸火葬，却在王鼎死去的那一夜，琴香的一只玉麒麟不料在匆忙间被强盗偷劫去了。事后检点起来，哪里还寻得着？

不料又有一个潮州人王鼐，到水仙院来找王鼎。

正是：

　　洞里有方非橘井，杀人如草不闻声。

欲知后事如何，且看下回分解。

评曰：

　　熊捕头和女衣盗打着讥讽，似喁喁情话，天仙化人，文笔不同凡响。天下唯英雄能识英雄，亦唯能爱英雄，熊捕头所以特免于中秋月下之厄，亦女衣盗有以赦之，用报当日之私恩也。然赦之不死，又胡为难之使妻孥不免缧绁？盖不如此，则名捕不识名盗，延续天性凉薄，自诩精明，小有才而无德以济之，皆女衣盗之不屑一齿者也。

　　琴香一节，逆挽开篇文字，马迹蛛丝，隐然若现，可知名家小说，正无一闲文也。

## 第四回

## 女衣侠客店说奇冤
## 胭脂虎公庭招实供

话说那王鼎并不叫作王鼎,王鼐也不叫作王鼐,两人是亲兄弟,这假王鼐因他兄长到杭州去游荡不归,自己在江苏候补,日久没有指分实缺,因想起哥哥来,到杭州城里寻访,却访不出一些踪迹。他住的是一个很大的旅馆,这夜回到馆中,闷闷不乐,只见隔壁房中有一个少年走进来笑道:"先生一人在此独坐,未免孤寂,小弟有壶酒在那里,请去饮一杯何如?"

这假王鼐回道:"萍水相逢,怎好叨扰阁下的好酒?若要如此,除非兄弟自己做东。"

那少年道："小弟虽不是诗文中人，也爱结朋友，只是先生前程万里，不敢高拔。如今同在客地，也是难得的机缘，就屈坐一些何妨？"

这假王鼐正在愁闷之中，巴不得有人扯他谈说，或者借此探访出哥哥消息，又见他意思来得诚切，就同他过去。那少年把假王鼐请在上面坐了，自己坐在下面相陪。二人说了多少闲话，假王鼐便请问他的名字。

那少年说："姓田，名字倒有一个，却记不清楚了，外人就因兄弟性情豪阔，就呼兄弟叫田大老爷。先生莫非潮州王鼎的兄弟吗？"

那假王鼐因他的言语来得奇突，也就姑妄言之，姑妄应之。

那少年道："我的眼力真不会走错，看先生的面貌，和令兄差不多，不过令兄比较先生要消瘦些。"

说着，便满斟上一壶酒来，递给这假王鼐，又要求假王鼐吃着桌上的肴菜。

酒过三巡，那少年道："先生知道小弟是个什么人吗？"

假王鼐回说："不知。"

那少年低声道："说出来先生不要害怕，小弟乃是一个强盗，今在水仙院里盗来一件东西，后来一打听，知道这东西是令兄送给那婊子周琴香的。小弟当时不曾给令兄申冤，后来打听令兄是被那婊子害死的，小弟久要给那婊子一个白刀子进红刀子出，难得先生到此，小弟便释此担荷，有先生出头，没有办不了的。先生，你的令兄死得真好苦呀！"一面说，一面从身边取出一只玉麒麟来，放在桌上。

假王鼐看那玉麟麟，长不满寸，剔透玲珑，晶莹无比。再从身边取下那只玉麒麟一看，恰是天生一对儿，丝毫无别，心里不由一阵阵惨痛起来。且把这两只玉麒麟放在身边，待要向那少年再问什么似的，谁知在匆忙之间，那少年已不知跑向哪里去了。疑惑他是到外面小解，等了一会儿，却仍没见那少年回来。直等到三更时候，堂倌便来收拾肴菜，假王鼐只好给他还了房饭钱、酒菜钱，问明旅店中人，这少年究到哪里去了，众人都说不知。假王鼐知道这种人的行径最是诡秘不测，心里又是伤痛，又是狐疑，回到房中，上床睡了一会儿，梦见自己的哥哥闪到他眼前，哭了一声："兄弟，我这冤枉，要你申雪，我便是你的哥哥王鼎。"

假王鼐便向他哥哥问道:"哥哥,你怎么姓王了?哎呀!我明白了,你在杭州嫖娼宿妓,因为这是玷辱门规的事,不肯吐出自己的姓名来。"一面说,一面睁着眼睛,向假王鼎仔细望来。

就在这一睁眼的时候,醒转过来。再看他哥哥已没有了,不由惊出一身的冷汗来。第一日早起,便到水仙院里,要会一会那个琴香姑娘。琴香疑惑又是一个阔少爷上门嫖了,从房里走出来,远远一看,不由暗暗打了一个寒噤,怕是王鼎的阴灵不散,要来追逼她的性命,方要回避进去,谁知假王鼐早蹿前一步,抓住她的衣袖嚷道:"我是王鼎的兄弟王鼐,不是王鼎。"

琴香听罢,大胆向他仔细一望说:"二少,你来迟了,早来一月,也许同你的哥哥有会面机会。"

王鼐便含泪问道:"我哥哥是得的什么病死的?"

琴香也掩面回道:"你哥哥是得痢泻病死的。"

假王鼐说:"拿来!"

琴香问:"拿什么来?"

假王鼐说:"须拿出大夫先生的方单来。"

琴香忽地放下衣袖，向假王鼐道："王二少，你好不懂道理！我们操这皮肉生涯，不过贪图大少爷几个钱，他没有什么钱给我，在我这里生起病来，难道我们做这种皮肉生涯，反拿出自己的钱来给大少爷看病不成？难得你二少爷来了，天下大略是没有误认人做哥哥的道理，我们这里用去的棺材钱，二少爷须得还给我们是了。"

王鼐也懒得同她分辩，容容易易从腰间摸出二十两银子来，交给了琴香，自去到府衙门里告状。

哪知杭州的知府因在先验过王鼎的尸首，毫没毒害的伤痕，便劝假王鼐不用鲁莽，开棺再验，不是一件当耍的事。

假王鼐便请先把琴香带到公堂，杭州知府又向他劝道："这件事非同儿戏，你哥哥病死是实，若用严刑拷过人家，照你这意思做来，不要把天下的人一个个都拷成凶手吗？纵然拷出她的虚供，开棺相验，相不出一些伤痕来，本府问你是怎么办？"

假王鼐听杭州知府一番劝说，回想那强盗的一句话，又怕是道听途说一般的谈论，不足凭信，梦中的情事又怕荒谬无稽，只得将信将疑地回到江苏。恰好他的官运到了，调允丹徒知县，不上半年，因政绩优良，连升至扬州知府。

那师爷刘耀南，本是个杭州人，一年前花去一千两，娶了这个琴香妓女做自己的太太，琴瑟之间，也极其浓笃。于今刘耀南既有窝藏大盗的嫌疑，拘押在署，刘太太又被熊捕头拘上堂来，做梦想不到这个葛知府便是二年前王鼎的兄弟王鼐。

葛知府当下且不提及往事，略向她讯问一番，恰讯不出个所以然来，且将她拘押女禁，一面令江都县验过朱捕头致命的伤痕。第三日，却又接到淮安府一道文书，内容略谓成公馆里太太自愿取消前案，所有嫌疑人犯，一概赦免。

葛知府只摸不着一点儿头脑，且不将这公文宣布出来。晚间把刘太太带到后堂，两边站着几个公差，一个个执着刑具，都现出雄赳赳气昂昂的样子。

葛知府便向刘太太问道："琴香，我问你当初在杭州，可是用巴豆害死王鼎吗？"

琴香猛听这一句话，如同暗天打了一声霹雳，却依然面不改色，口里还支吾着。及至葛知府吩咐一声："用刑！"早有两边的公差，把夹棍向堂上一掼。

琴香只吓得魂不附体，口里不由叫出一声亲娘来，便将二年前用巴豆害死王鼎的情形一五一十地说了。葛知府令招房填好了供词，仍将琴香收禁在狱。

你道葛知府怎么知道琴香是用巴豆害死他的兄长呢？其中尚有一段情节。原在昨夜四更时候，葛知府回上房安歇，刚合上眼，蓦地有人向他头上摇了一摇。葛知府睁眼一看，仍是前两夜所见的那个青衣大盗，向着他嘻嘻地笑。

葛知府连忙披衣而起，问道："阁下光临敝署，又有什么见教？"

那强盗笑道："成公馆的盗案，我前去用威吓的手段，教训那个成太太一回了。此案已没有关系，照例要成了一件拖案。但我有一句话，前夜我曾问及你，你可认得我吗？你并不答我，我在杭州旅馆时，还给你哥哥的一只玉麒麟，你也该记得。那时一位田大老爷，于今却变成一个青衣女子了，所以你见面不认识我，本也难怪。你哥哥是被那琴香用巴豆害死的，怎么你把杀兄的大仇都撇向爪哇国去了？"

葛知府听完这话，因想起他在前夜临行的时候，曾说要嘱咐我几句要紧的话，可是已来不及了，停会子自然明白。原来还是这一件事。这强盗给我兄长剖解冤屈，我不能因他是个强盗，就不向他掬示出十分感激的话，想着，便向那强盗说一声："请坐！"

那强盗回道："没有工夫在这里多谈，只是我嘱咐你的话，你听清了、记清了，就此便失陪了。"说着，便从容走出房外去了。

葛知府愕了一会儿，想起他兄长的大仇，原来还是被琴香用巴豆害死了的，早不禁凄然心恸。今天又得了淮安府的文书，成公馆里盗案在势已不生什么问题了，晚间便将琴香带至后堂，容容易易使她供出当初用巴豆害死自己兄长的实供来。这一场盗案就此，刘耀南已释放回家，熊捕头也回淮安，所有熊捕头的家属，成太太既自愿取消盗案，淮安府也就省事无事，将熊捕头的家小释放，八宝珠环的原赃仍由熊捕头带回淮安府署，成太太已具领。

至于扬州的朱捕头，虽然死得太惨，但扬州、淮安两府，对于捕缉强盗的举动，还是明张旗鼓，经久捕不到强盗。朱捕头的家属也是无力追求官府的人，还不是照例成了一件拖案吗？盗案虽勉强告一结束，琴香的命案经过了许多公事上的手续，琴香和水仙院的鸨母依法严办，绑到法场斩决。

前任杭州知府已经离任，后任的官员对于前任未能剖解的疑案，照例不受处分，这也不在话下。

且说刘耀南释放回来，所有刘家的童仆都已回归公馆，只有他韵燕妹子躲得毫无踪迹。刘耀南既因妻子犯案斩决，妹妹又不知流落何方，神经上受了很大的刺激，一官挂免，无面见家乡父老，就遣了童仆，散去资财，孤身游学。

去止本无定向，这日行到宿迁地界，因天色昏暗，洒着蒙蒙的小雨，一时没有投止的所在，忽见前面远远闪出灯光来，不由暗暗心喜，向那灯光所在走去，却走到一座黑压压的红墙边。原在这四围无人之际，有一所庙宇，庙门设而未关，像这样极荒凉极寥落的庙宇，门前一列森森的树木，参差不齐，风声吼动，布着阴阴的鬼气，就像有无数的夜叉要来攫人的样子。但刘耀南见解甚大，不信得世间果有鬼物，中怀坦坦，无所畏惧，像这般极荒凉、极寥落的庙宇，古今小说书上，看来本也怕这庙宇里面藏着什么妖僧恶道，谋害过路行人。但他是一个光身的游家，身边既没有金钱珠宝，又没有结怨于人，难道还怕他要劫去包袱里几包书给盗子盗孙读吗？所以刘耀南毫不迟疑地走进庙门，看见中间大殿上面悬着一盏琉璃灯，虽不十分明亮，倒也照得清楚，神龛上塑着一尊吕祖神像，那右边一个烛台，有一个半寸长的蜡烛头，看这庙中的光景，不是久无住持的，便点了那支蜡烛头，罩在手里。

一直来到殿后，静悄悄不见一人，也没有什么灯火发亮。正中有门虚掩着，顺手推开，一时觉得饥肠辘辘，因走入一座厨房，搜寻食物。谁知这庙中鼠雀俱空，冷灶上的灰尘差不多要扑下一大斗来，东翻西倒，只有一口破水缸里盛着半缸肮脏水，那一种肮脏气味，比什么都难闻。

再推进一间寮房里去一看，哪知这房内床帐竹榻俱全，一条破被叠在床上，其余也没有箱柜等物。

又到那边房里去一看，不防猛地吹过一阵风来，把那蜡烛头吹得熄了。慌忙退出房外，哪里还来得及？只听得哗啦啦一声响，那房门上面，像似有一个千斤闸压下来的样子，两足好像踏在很绵软的东西上面，两腿更虚晃晃的，眼中黑暗暗看不见什么，一脚立不稳，不由倒翻了一个筋斗，像似在最高的塔尖上面要跌下平地的一般。身体没有落地，就有一个人仿佛知道他是从上面跌下来的，早一手将他托住，不一会儿，就卸了下来。

刘耀南因在上面栽跌下来的时候，早惊得六神无主，却被那人一手托住他卸得下来，又紧紧挽住他的臂膊，心里只是上七下八地跳动，那臂膊简直是麻木不仁，如同失了知觉的模样，不由自主，随着那人向前走着。只见眼前有不甚明了的灯光，正待抬头向四面瞧看，那人早用一条很长的绸巾，将刘耀南的两眼缚了。

又往前走了一会儿，像似走入一间屋里。那人才解开他眼上的绸巾，顺手将他向房里一推，说："去吧！"

刘耀南睁眼一看，看见他的妹妹韵燕同一个极标致的女子并坐在一个很大的炕沿上面。刘耀南不由失口叫一声："妹妹，你怎么在这里？"

正是：

踏破铁鞋无觅处，得来全不费工夫。

欲知后事如何，且看下回分解。

评曰：

　　因成公馆盗案一节，接连写出水仙院盗案一节，不脱不黏，绝无斧凿痕迹，此善于从夹缝中寻出好文章也。成公馆盗案用虚写，水仙院盗案亦用虚写，成公馆所盗为八宝珠环，水仙院所盗为玉麒麟，行文看似特犯，然珠环得归原主，玉麒麟竟入葛鉴堂之手，伪王鼎之命案，即由此昭雪。此则其特犯而不犯，所以为奇。

　　写侠盗生涯，坊本古书，多属千篇一律，此书独辟蹊径，另是一副笔墨，绝不落寻常侠盗小说窠臼，明眼人自能辨认。

## 第五回

刘耀南厉声责强盗
田士杰赍恨入泉台

话说刘耀南那时睁眼一看，看见他妹妹韵燕，同一个极标致的少年女子并坐在一个很大的炕沿上面。刘耀南不由失口叫一声："妹妹，你怎么是在这里，这位又是谁人？"

韵燕听罢，不由嫣然一笑道："哥哥当真不认识她？这个我可不信，她不是我家的丫鬟新红姐姐吗？"

刘耀南仔细向那少年女子打量着，在先是一个青衣的婢女，此刻却俨然像个大家闺秀的风度，乍相逢虽然看不出是个新红，及经仔细辨认，他那眉目口鼻肌肤鬓发之间，无一不神似新红。心想：强盗化装，真如名伶登场的一样，装着小姐，便活像一个小姐，谁也不承认是官室青衫；装丫鬟便活像一个丫鬟，谁也不承认他是绿窗贫女，不但装束不同，即身份态度，亦复迥然各别。究竟这侠盗是男是女，在江都和淮阴的人猜来，都说他是个男子，因为他自己留下名来，叫作什么田大老爷，这种称呼，像似有资格的绅士称呼，不是一个男强盗吗？但是我的意思就老大同他们反对，这强盗若是一个男子，为什么我看他这眉目口鼻肌肤鬓发之间，处处都显出他的一种女儿美？他的说话声音又似莺鸣乔木，燕语雕梁，难道他装作女孩儿的模样，又学会得一口女儿腔吗？就是涂上一脸的黑墨，涂作戏台上大花脸的样子，或者洗去铅华，穿戴着靴帽顶戴，我也不承认他是个男子。何况我这妹妹很知道三贞九烈的道理，小时候把古今书史都看得像滚瓜一般的熟，见了面生的男子，好像遇到蛇蝎似的。就是她对于嫁人这个题目，这一层文章，自然要嫁一个乘龙佳婿，明媒正娶。如果说我在堂子里相交的朋友，纵然他貌若潘安，才高子建，我妹妹是断不肯嫁他的，她岂肯嫁一个强盗？又没有明媒正娶，被强盗带到这盗窟里来，怎会干出这样糊糊涂涂的事？就是她一时痰迷了心窍，被强盗带到这里来，失身辱节，于今见了自己的同胞手足，应当如何伤痛、如何流泪？看她仍是大方不拘一格的样子，见了我有说有笑，绝无半点儿女子涕泪沾巾的气习，就从这一点看来，越发猜定新红不是个男子了。什么田大老爷、田大少爷的谣言，那是熊捕头在法堂之上，信口放的一个狗屁，我是第一个不相信的。

刘耀南是这么地胡思乱想着，在那里只顾发愕，满肚子万语千言，欲向他们问来，只觉意念纷飞，不知在哪一句说起。

床上新红看他这种样子，世界上可寻不出他这书呆子来，在家里信着老婆话，堂堂的一个当师爷的，竟娶一个妓女做老婆，竟不知是一个杀人不用刀的妓女，娶回来做老婆。方才我听得上面作响，打算是什么敌人前来，踹中我的机关，想不着还是他一马放到这里了。这几日间，他的妹子也想他好苦，难得他自己前来，这真好极了。

一面想，一面早站起身来，向韵燕笑道："你的哥哥到来，省得你把肚肠子都想断了，你有话只管向他说来。"

韵燕道:"这种话叫我如何说得出口?还是你替我说了吧!"

新红才调换女孩儿的口腔,说着北方话,那声音就如铜钟一般的响,先向耀南作了一个兜头大揖,笑道:"请了请了,我也用不着做主婢的称呼,只行这郎舅的半礼吧!"

耀南听他的声音陡然一响,又说只行这郎舅半礼的话,这分明是拿着一把快刀直剜到自己心坎,因向他厉声问道:"你是何人?把我妹妹拐到这地方来,坍倒我家的门墙,惹我心头火起,要咬你这黑心强盗的一口肉来。"

边说边飞起一脚,转要向韵燕踢来。韵燕忙向那边闪滚一下,幸得新红手快,将她从背后一把抱住,说:"大舅,有道理只管说来,厮打是用不着的。"

耀南哭道:"我有什么话讲?怪我自己瞎了眼,把你这般无恶不作的强盗惹进门来。我的老婆已经明正国法,这是她自作自受。我当初若知她平白地放出那样的杀人心来,我娶她这杀人的老婆做什么来?她正了国法,转是我心里一件很痛快的事。我并不怨你,就因我受你的拖累,押在府里吃官司。但我总因你是个有肝胆、有血性的侠盗，哪怕就砍了我的这颗头，我也不怨你。你既不是江湖上的侠盗，把我妹妹带到这活地狱似的地方来，丢尽我家里十七八代的面孔，我这时恨不能食你的肉，立刻间一脚踢死了那个贱丫头。不幸撞在你的手里，是杀是剐，随你的意思对付我，有什么道理可讲？"

新红道："大舅且平一平气，我讲些话给大舅听一听。大舅批驳我说的话没有道理，我们都得罚跪在大舅面前，也不用大舅麻烦，我们亲自动手，处置自己的死命。大舅看我这话好不好？"

刘耀南被他缠得没法，又见他堆着满脸的笑容，事情已到了这一步，专凭着血气之勇是争不来的，只得随他的意思，被他拉在一把椅子上坐定。

新红在一旁相陪，执着耀南的手，未开言早不禁流下两行泪来，转向韵燕说道："你哥哥的脾气，虽然古板，但不明白这两颗心是纯洁的，是血热的，如果经我一说穿出来，自然他的心肠就换转过来。你哥哥既肯听我讲出个道理，保险这时候且不欲和你为难，你们总算是同胞的兄妹，怕什么？只管上来。"

韵燕也含泪回道："我哥哥的脾气向来是如此的，

又不容我们分辩一句，可是把头上的青筋都急得暴栗起来，我怕他什么？换心丹也许换得过他的心。"边说边在刘耀南的对面坐了。

新红道："新红并不唤作什么田大老爷，我们北方有一个田士杰，他的声名极大，资格极高，江湖上人因他生得温文尔雅，风度翩翩，不像似一个做强盗的样子，所以都称作田大老爷。这个鼎鼎的大名人物，早已滑了脚，吃官里捉住了。

"我是田士杰一个小友，因羡慕田士杰的为人，叫我佩服得要向他叩几个头。他在狱里，我去望他数次，很愿意地救他出来。

"他说：'我看在世界上做人，委实没有什么味道儿了，倒不如早死早好，反摘断我这条愁肠子。我若要不死，断不致滑脚吃官里拿住，就是无意滑脚吃官里拿住，无论老弟有这本领能救我出狱，我也学得一些硬功夫，哪里有铜墙铁壁的监狱能关得住我呢？我的志愿已经视死如归，老弟若冒险行事，我肯承认老弟是我的好朋友，辛辛苦苦来瞧我是干什么的。本来我是个反叛，做强盗不算是一回事，官里拷问我，自己直说是个反叛，这才算我替国中人争回一点儿面子，打死我，我也不承认是个强盗。无如一班舞文弄墨的官吏，以为那地方出了反叛，照例地方官是要受处分的，又因我这个反叛在江湖上有点儿声望，不但他们不承认我是反叛，并且不承认我是田士杰，上至督署，下至府县官员，替我编派一个字，叫作什么吴雄，竟将我按着强盗人的罪，依法判处死刑，绞决在即。我死本无所惜，只是我这"田士杰"三个字，生无余荣，死无余哀，从此湮没无闻，竟与草木同朽，在革命史上，没有我这个人物，这是我第一痛心的事。老弟志愿比我高，本领比我大，又是同志的朋友，满心想凭着这一口气，要把这山河扭得回来，此后总望老弟遇事给我传播些声名，使天下后世，能知有姓田的这一个人，那么我死到九泉之下，也都感谢老弟的恩典。良言尽此，我们从此分别了吧！'

"田士杰这项言语刺刺贯我耳朵，点点记我心头，所以自经他处决以后，我在各处作案，无论是盗案是叛案，到处都得留下他的名气，这是我对于朋友的一种报酬。其实我姓新，父母就生我一个，我胸间有一颗朱砂红痣，我的名字就叫作新红。在你们一班书呆子的见解，以为皇帝是至尊至大的人物，应该同天神菩萨一般敬重，大凡食毛践土的人，应当如何竭忠尽力，报答君恩，守分为良，各安本业，更不容有丝毫破坏的意思掺杂其间。其实我虽学得点点把式，也粗读几年书史，胸中的不平之气随感而发，这些头巾气的腕包话，怎么能哄骗得我？大清皇帝是个什么人，他不是一个大强盗吗？

"当初吴三桂开门揖盗，把骚鞑子请进关来，那个野心强盗攘夺我们全中国的土地，盗劫我们全中国的资财，递传四代，我们全中国都仰给强盗的鼻息之下，有那样强盗的皇帝，又养成一班强盗的官员。我的主意，是专和清朝君臣做对头星，是专给小百姓做救命主，不向那些冠冕堂皇的大强盗手里讨生活。一般盗劫他们的资财，把来供自己的用度，这叫作强盗劫强盗；把盗来的珠宝金银，一半花在穷苦人身上不算，一半储蓄起来，为将来揭竿反叛的糇饷。所以人以做强盗为可耻，我不做强盗，却辜负我这侠胆义肝、神筋骦骨，所以我把做强盗当作唯一的买卖。

"我在先未到淮安作案的时候，曾在扬州平山堂里遇见令妹，看她婀娜中现出刚健的神气，妩媚中露出贞固的态度来，我一时触动求凰的志愿。因为我是个异乡人,又做这种没本钱的买卖,欲要同府上攀龙附凤,来做这门亲,还不是空口说着一句白话?而且婚姻大事,虽经过纳彩订姻的一种手续,然必须男女双方互相情愿,这婚姻才算是璧合珠联,终成一双佳偶。果然男女情愿,尽可模仿古来唱歌订婚的故事。

"当时我虽未得到令妹的同意,但我宁可孤单单一个人,就是断子绝嗣,发咒不再另娶了,故不惜屈志青衣,甘为仆婢。天幸巨眼出于裙钗,令妹能识我是风尘中的侠盗,在那中秋祸变纷来的时候,令妹躲在她卧房以内,自愿随我出来,我也愿将她带到此地。但我们虽做了名分上的夫妻,尚未行结婚的大礼,可知我们的私衷向往,不可言宣,我不能真是狡童狂且之流,令妹亦非淫奔之女可比。在大舅的意思,看我说的这话对不对?"

刘耀南听他这话,像煞很有点儿道理,在先也佩服新红的手段惊人、本领出众,就可惜这么一个精强英明的人,却做了强盗。于今听新红这一节话,原来做强盗的还有这样的志愿、这样的见解,有肝胆、有性情,分明是宋时陈同甫一流的人物。我妹妹得到他这个好女婿,我祖宗的面上也添了不少的光彩。事从权,理从面,什么纳彩订姻的仪节,他们正用不着。有许多纳彩订姻的婚姻,男女双方竟有不能鸾凤和谐的,我妹妹想着我到来,她的意思我也明白了,我何不索性开通,不拘守腐儒气,好成全他们这一段良婚。

想着,便向新红点点头,也不说什么为难话了,又复从中赞礼,竟使这一对儿有情夫妇成了美满姻缘。

但耀南在这地道中住了多日,因见他妹妹房里也有许多穿红着绿、抹嘴涂唇的小丫鬟,和新红在地室里谈论武艺的人,内中也有羽衣衲袄男道士,便是日前将自己押到韵燕房里的那人,也是一个道士,暗地曾问新红:"这些道士,大略是住在这庙里了,一个个都显得凶神恶煞的样子,很有些过人的威风,怎么见了你,就同小老爷见了上峰官的样子,这其中必有一个缘故。"

新红笑道:"你知道他们这班道士是什么人?不是我在二年前制服下来,简直就无法无天,什么事都干得出,那还了得?"

说至此,便将当初制服一班道士的事情,向耀南说了一个梗概。

正是：

> 且将第一开心事，仔细从头说与君。

欲知后事如何，且看下回分解。

评曰：

新红明明为一女子之芳名，在刘耀南殊不料其为男盗也。既识为男盗矣，又疑新红是田士杰，又不料其向之田士杰，即今之大盗新红也。昔龚定庵诗云"卷帘梳洗看黄河"，或有谓卷帘梳洗以下，岂可缀"看黄河"三字？余则语新红以上，岂可冠"大盗"二字？盖文人善弄狡狯，胸中有一材料，无不缀之以入笔下耳。

刘耀南初见新红，几至愤不欲生，及聆新红一袭话，则又涣然若释矣。谁谓神经错乱之人，非天地间之奇士欤？

第六回

入虎穴大侠做新娘
陷机关英雄除害马

　　原来新红在二年前的时候，虽做那没本钱的买卖，只要听说某处有一个武艺好、声名大的人，他必想方设计，前去会一会，但不肯冒昧和人动手。那时他在山东，听江湖上人传说，就知宿迁吕祖庙有一个四十多岁的道士，本也是一个做绿林买卖的，因犯的案件又多，又大得骇人，就到吕祖庙拜老道人为师，出家修道。他姓李，道号唤作无尘。
　　这老道士的本领了不得，又在吕祖庙里创下一所隧道的机关，行径甚是诡异。他从这老道士学道，原是挂名，其实又何尝向道，且从老道士终日不断地练习武艺，青出于蓝，据说他的本领练习得比老道士还高。老道士死了，他就做了吕祖庙的住持，在那里称雄作霸，他的声名就一天一天地大起来。

新红听了李无尘的大名，好像觉得不去会一会面，看他个瓜清子白，便有些放心不下的样子，便由济南到宿迁来。刚离吕祖庙有五里远近的地方，那地方有一所很大的庄院，新红打从那庄院后门口走过，耳朵里听得一阵啼哭的声音，哭得甚是凄惨。

新红并不介意，仍然自去走自己的路。忽然从后门内蹿出一个大花狗来，这大花狗大得骇人，竟似人熊一般，来势非常凶恶，直扑到新红面前。新红只用手在那狗头上一点，只点得那狗口吐白沫，滚在地上汪汪地叫。新红也懒去看它，待要拔步向前走去，突然门内又跳出一个村农模样的人来，扯着新红衣袖嚷道："哪里来的贱丫头？怎的将我家的花狗打伤？且去到我家主人面前，你须仔细要赔我家这只花狗。"

新红见他来势汹汹，谅他虽有几百斤蛮力，并不是个拳头架子，打伤了人家的一只狗，虽然出于鲁莽，已经对不起人家，若再打伤人家的人，这还了得，只得随从那小厮一路走到前厅。却见里面早走出一个泪容满面、须发飘然的老者出来，向那村汉问是什么事，欺负人家过路的小姑娘。

那村汉回说："她把我家的狗打伤，我要她赔这只狗。"

那老者急向村汉说道："打伤了一只狗，这算得什么，用得同人家姑娘大惊小怪？可怜我们全家的性命都要断送李道士手中了。"

新红猛听得这两句话，便向老者问道："请问老丈，你这话怎么讲？"

那老者道："姑娘且请自便，我们这种委屈，真所谓'天高皇帝远，有冤无所诉'，别人是问不来的。除非有本领比李无尘还大的人，才能救护得我全家的性命。"

新红兀自讶道："奇呀！那李无尘又没有三颗头、六条臂膊，老丈既受他的委屈，不妨说给我听一听。我纵救护不得老丈全家的性命，但老丈像似束手无策的，说出来究与老丈无损。如果我能救得老丈全家的性命，实在老丈是受那李道士欺负了，要我帮忙，我是喜管人家这些闲事的，没有不肯给老丈竭力帮忙的道理。老丈看那李道士的体质，比桌上那东西还坚硬吗?"

一面说,一面便走了进来,从桌上抓起一只铜质的茶壶,把茶壶里的残茶倒在地上,随手将茶壶放在手里,揉搓了一会儿,恰好搓成了一块铜饼。

那老丈见了,很是诧异。旁边看的那个村汉也不禁伸头咋舌,说:"好本事,怪道将我家一只大花狗打伤。"

老丈见新红有这么大的本领,就疑惑新红是个女中的豪杰,如古来小说书上隐娘、美娘等一流人物。又仔细向他望一望,不禁流下泪来,说:"我姓古,名粥,外人因我忠厚本分,都唤我作古老实,祖代耕田为业,因薄有一点儿田产,膝下没有儿子,在五十岁上生了一个女儿,闺名唤作翠姐。这孩子真个精灵秀美,什么事理都懂得,不幸在十六岁上,她的母亲死了,我满心想招赘一个好女婿在家,撑持我姓古的门户,不料她母亲死去三年,恰没有招到一个好女婿。

"离这里南方五里地方,有一座吕祖庙,庙里住持的道士唤作李无尘,他是一个吃人不吐骨头的大强盗,在这周围欺人生事,有时还做些杀人放火的勾当，官里都不能奈何他。他到我家来拿例钱，无意看见我的女儿，第二天就着庙里的小道士送上几份财礼，硬要娶我女儿过去，婚期就在明日。我女儿的志愿很大，怎肯嫁一个凶神恶煞般的道士？所以我父女都成日成夜地哭个不休。我女儿屡次要寻短见，都被我劝得住了，万一我女儿死了，我还不是一死了事？苍天苍天，这是怎样好？"一面说，一面即将新红带到后堂，唤出翠姐来。

那翠姐向新红福了福，哽哽咽咽地站在一边。

新红便拿眼瞧去，见翠姐的模样虽然比不得古代小说书上讲的沉鱼落雁之容、闭月羞花之貌，然而天然丽质，却生得异常娇嫩，几乎要脱口喝出一句"我见犹怜"，只管翻着两个眼睛珠儿，在那里愣了一会儿。

这边古老实对翠姐诉说这姑娘有多大的本领，能吃得住李道士，有她出头帮忙，你可不要再去寻死觅活。像古老实和他女儿说的这几句话，拢共也没有一句贯入新红的耳朵里。及至古老实请示新红的姓名，新红摇摇头不肯应，古老实也不便再问下去。

忽然新红想出一件故事出来，讲给他们父女听了，愿照那故事向前做去。翠姐才转了笑容，将新红款留在房。

第二日，古老实便吩咐一班村汉，挂灯结彩，忙个不得开交。直到下午时候，果然吕祖庙来了一乘花轿、一队仪仗，接上一队的武士，毫不费力将新人升入轿中，簇拥而去。只有一件，新人升轿，古家的人已躲避得空空如也，于今且按下慢表。

再说李无尘自从打发一班轿夫人等到古家庄去，料知这个古老头儿没有什么变卦，就有许多的小道士奉觞献酒，正在开怀畅饮的时候，李无尘巴不得那无情的金乌从西山坠落下去，那有情明月从海角间早捧了出来。忽然外面有人前来禀报说："新人的彩轿到了！"

李无尘这一喜，真是喜从天降，连忙推过了酒杯子，换了一身簇新的衣服，匆匆走到里堂。这里堂原是三间后院，正中一间，就铺设一个礼堂，非常华丽，俨照像似人家办喜事的样子。两边立着许多粉白黛绿的丫鬟，都是李无尘在远处妓院里买来的，整齐严肃，在两边排列着。神座面前，铺一个金花红缎拜垫。

一时新人的彩轿已到礼堂，早点起手臂粗细一对儿红蜡烛，小丫鬟持着新人下轿。李无尘在拜垫左方立着，小丫鬟扶新人在拜垫右方立着。李无尘因新娘用盖头遮着脸面，看不清容貌，但猜量她的身段，已能认出是个古翠姐了。这时看她那瘦不盈握的脚，越发瘦得可人意，很喜欢地和新人拜过了天地，彼此又交拜了，新郎、新娘同入洞房。这洞房便是李无尘的云房改造，却陈设得炫睛耀目，也活像一个神仙洞。

　　这时天色已晚，房里红烛高烧，李无尘便给新娘去了盖头，越觉新娘容光焕发，如朝日之映芙蓉，比当初会面时却看得仔细，却更觉得美不可状。转从对面一架穿衣镜内瞧一瞧自己的容貌，虽穿得一身极漂亮的衣服，但浓眉大目，面如煎熟了蟹壳的色样，更长得刺猬也似的一部络腮胡须，这种奇奇怪怪的模样，简直在戏台上也没有见过。以这么一个奇形怪状的新郎，坐对一个如花似玉的新娘，心里又是羞惭，又是猴急。

　　交杯酒落了盏，小丫鬟搬去了杯盘。李无尘见小丫鬟刚走出门，便砰然一声，把那房门关了，转身不见了新娘。忽然从帐子里吹出一阵风来，掀开了帐门，看新娘已坐在床铺上面，忽然觉得眼前漆黑了一阵，那一对红烛同时也熄灭了。幸得外面的月光早照上纸窗来，看见新娘已不在床上了。

李无尘不由心旌摇荡无定。忽见新娘站在他的面前，取出两件黑魆魆的东西，向桌上一搁，那搁下的响声很有些分量。再看乃是长不满三寸的一对儿铁铸的脚，形式和女孩儿家的金莲一样。

李无尘见了这一对儿铁脚，几乎吓得五脏神都跳出来，早知是江湖上人乔装改扮而来，打他一个翻天印，便不由得将那新人一把抱住。那新人毫不撑拒，李无尘抱着那个新人，就同抱着比镔铁还硬的东西一样。李无尘不禁双脚齐跳，只听咔嚓咔嚓连响了数声，李无尘和那新人搂抱着，都觉得眼前的景物移动了方向，两人都像在高山巅上坠下了深谷的样子。李无尘在双脚齐跳的时候，想松开了手，把那新人关到隧道中去。想不到偏在这时候，那新人的一只手却紧紧捏着李无尘的耳朵。李无尘纵有冲天的本领，在仓促间，如何能挣脱开来，两人同时落下了隧道。

李无尘生有神力，不由下死劲将那新人紧紧抱住，那两膀臂上就同两只铁椤子一般，合拢将来，怕不要将那新人挤成肉饼。谁知那新人却是行若无事的样子，任李无尘将她如何紧抱，就同隔了一层很坚硬的东西，只是抱不拢来。那新人并不是撕去他的耳朵，脸一扭，刚和李无尘行了一个接吻大礼。

就在这接吻礼行过了的当儿，李无尘不由脱口叫出一声哎呀，好像心肝五脏都被她这口气吹得分裂开来，两手不由一松，身体向后便倒。那新人又跟后送他一脚，可怜他已无福消受，早已直挺挺地死在那里了。

那新人不禁暗暗一笑，虽然身体已陷落在这地道下面，但胸有成竹，她早已计较定了，看前面有隐隐约约的灯光，便如风飘黄叶、秋隼凌空般地向那灯光所在行去。两脚所以不敢踹在实地，怕的就再踹中那地道下的油线机关。看前面是一座很高大的屋子，那灯光就从这屋子里射出来的，那新人早施展运气飞腾的功夫，上了屋脊，就在那上面伏定。

这当儿，早听得一阵警铃作响，接连好像有许多人在这地道里面哗噪起来。又迟延了一会儿工夫，便见有许多道装模样的人在四面东张西望，好像搜寻什么似的。搜寻了一会儿,又听得一声呼哨,那些小道士一个个捉刀执枪,像似到前线上打仗的一样,称奇道怪似的,都走入那屋子里去了。那新人便又转换了一个主意,在屋上窃听多时,恰有一个道士从屋子里走出来,那新人一飞身蹿下了屋,毫不费力夺过那小道士一把大刀,握在手里,将那道士夹在腋下,夹得那道士怪叫起来。

这时候却从屋子里跑出有五六个道士来,向他面前一跪,说:"我们都是安分的人,被李无尘逼迫至此,我们这师兄弟七人,誓同生死,久欲谋杀李无尘,怕他本领高强,有些不敢下手。今日被姑娘杀了姓李的那个东西,求姑娘开一线之恩,饶了这位兄弟吧!"

那新人笑了一笑,哪里把他们看在眼里,走到屋子里,在正中一把椅子上坐定,忙把那道士放下,说:"不曾伤坏了哪里吗?"

那道士忍着疼痛,回说:"不曾不曾。"

那新人便向众道士笑道:"你们都称我作姑娘,可知道我这姑娘是个有卵子的?"边说边跷起两只脚来给他们看。

众道士见他这样惊人的举动，早猜出不是古家的姑娘了，便向他问明假冒新娘的来由，又请示他的尊姓大名。那新人暗想：这时我可要对他们说实话了。田士杰已经正法，这地方的绿林朋友大略是知道的，我也不用混充什么田大老爷，只把我的大名抬出来就好。

想到这里，便向他们笑了一笑道："这也难怪你们不知道我，我向来不肯轻易露出自己的本相来。你们要问我，我是田士杰的好友，天津人氏，姓新，江湖上称作女衣盗新红便是。"

这话才完，那些道士们一个个狂呼欢笑，罗拜在新红面前。

忽然新红从椅子上直跳下来，抡起大刀，抓住一个道士，一刀要向他膀臂上刺下。

正是：

白刃横空肝胆裂，寒风满地鬼神惊。

欲知后事如何，且看下回分解。

评曰：

古家庄扮作新娘一事，迥与《水浒传》鲁智深史家村事无一相同，文笔较《水浒传》简洁，情节亦较《水浒传》奇突，若同时角逐，殊不逊耐庵文字。

新红的行踪，虽然来得不测，然岂无着脉之处？得此一补，方无罅漏，娲皇五色石，唯作者善用之耳。

末节慷慨淋漓，极笔飞墨舞之致，此特振起下回之局势耳。读者不可不于此等处三致意焉。

## 第七回

### 歃血推诚神前盟誓愿
### 同心协力酒后订条章

话说新红见众道士一个个欢呼狂笑,罗拜面前,他们口里越会说着好话,越容易降服过来,他们的心路越有些靠不住,何况这班道士都是李无尘的党羽,并不是绿林中的新水子,平时和李无尘吃着大碗酒、大块肉,多少也有一些情义,如今是畏怯我的本领高强,他们知道硬来是不中用的,难免包藏祸心,准备将来相机行事,报复李无尘的大仇。我若受这厮们欺骗了,就更不值得。

新红一面想,一面早从椅子上直跳下来,抓住了一个道士,抡起大刀,一刀要向那道士左膀臂上刺下，忽地又现出从容的态度说道："你们既存心归附我，没了旧主，服从新主，何妨照着绿林歃血为盟的规矩，一个个袒开左臂，挂点红，盟过心，我才相信你们的意思不错。"

众道士听了，都惊得六神无主，你望着我，我望着你，只在那里发愣。新红一想这是路数了，便从鼻子里哼了一声道："你们这些囚攮，哪里配在绿林中混？就是存心想欺骗人，也该看这人的来头。我新红年纪小而资格不小，你们虽或不认识我，难道'女衣盗'三个字，北方人不知道的，不算得是在江湖上奔走的人，粪桶也有两个耳朵，你们尽说一句不知道的话，恐怕连哄三岁小孩儿也哄骗不去。你们要明白，真人面前是不好烧假香的，可是你们现在越对我客气，将来越想栽我一个跟斗，想不到我弥勒佛肚脐里面，还包藏着一些蹊跷。硬来既不中用，软骗又不成功，你们打算要怎么样？老实对你们讲，你们漂亮些，得听我的吩咐，过去的事，我并不计较，我也落得收服你们，开脱你们一条自新的道路。如果你们再怀着什么鬼胎，须瞒我不得，就得赶紧把个脑袋割得下来，须不用我亲自动手。生死两条道路，由你们自己掂量，说多了总是废话。"

那众道士听罢，仓皇不知所对。就中有一个道士，唤作朱空元，暗想：我们的肚肠子总被他说穿了，那李无尘虽同我们的情义不薄，然算不得是个同生同死的朋友，这"女衣盗"三个字，多么就嵌入我的心坎儿里，除去北京田士杰，现今在绿林中称得起是个血性英雄，要属他首屈一指。我们这一班弟兄，都是些酒囊饭袋，现今已没了龙头，在势又不能撑持局面，我们要拼却这性命和他存心作对，我们本来的主意，就打错了算盘了。他既肯开脱我们一条自新的道路，我们又何敢再违拗他呢？

想到其间，便向众道士朗朗地说道："大众道友们听着，难得新爷到了这里，他是个什么人？说一句话，就从在我们肺腑掏出来一般。我们方才对他的意思，已被他道破了，瞒他既不可，拼着性命为李无尘报仇又不值。新爷既肯不计前嫌，肯领带我们走上一条光明道路，我们一众道友虽及不上《水浒传》上那些好汉，杀王伦，拜晁盖，大家有福同享、有祸同受，这意思却一定不能游移。自此以后，大众道友都得在新爷面前歃血盟心，所有一切事务，全都交给新爷手里，悉听新爷调度，叫我们火里火去、水里水去。有不服我命令的，却无须新爷动手，我朱空元先同他拼个你死我活。"

众道士听了，方才齐声说道："我们做梦不打算新爷这样的精明、这样的爽快，若知道他老人家是个智勇兼全、仁义过天的人，我们又何敢转这种念头，在他面前放肆？他明知我们的心怀叵测，却不肯轻易伤害我们的性命，还要替我们做挡箭牌。那个姓李的，又不是我们的老子娘，何苦来不对新爷剖心相见？我们不怕新爷还怕谁呢，不服从新爷还服从谁呢？"

新红听罢，忙把刀撒回了，向众道士打了个照面，方才退坐原位，向他们拱了拱手，说道："今日的情事，非是我同李无尘有意为难，伤害他的性命，实因他强迫古家的孩子，休论是供他一己的兽欲，婚姻的事，岂可强迫人家？像他这种邪淫不法的行径，不听到我姓新的耳朵里便罢，我一听得他如此不法，违背绿林的规矩，叫我不得不救一救人家的孩子，除去绿林中这匹害马。既然众位弟兄们肯原谅我的意思，却叫我新红何以为报？"

众道士听新红这一段话，都向他唱了一个肥喏，一半畏怯新红的本领，一半又感激他的恩典，就在这里调齐的桌椅，点起大香大烛。

一时歃血已毕，便将李无尘的尸首藁葬了，又命厨房安排酒席，大鱼大肉，摆满了两张台子，大家挨次坐下，欢呼畅饮。席间新红问及庙里的丫鬟是从哪里弄来的，众道士都说是李无尘从妓馆里买来的。新红也就不弹此调，接着朱空元又将庙里的机关一一告知新红。

新红听罢，一句句都钉入心坎里，便又向他们说道："此时众位弟兄，大略也有真个服从我的，也有畏怯我却不能不服从我的，不过事已如此，你们虽不愿意，却也没有法子，也就跟着众人随声附和，但已经明心见血，自然我是一视同仁，凡事如何再肯存些芥蒂？该当公事公办，以后大家只同心协力，向前做去，有功则赏，有过则罚，一点儿不得容情。众位要知道，我们虽然做的这没本钱的事业，然而我们做这事业，也有一个计较，不许乱动良善人家的一草一木，除非真有钱的贪官污吏，我们却饶他不得。他是个官强盗，我们拿本领去盗他一回，这叫作强盗盗强盗，不算是一回事。若遇到同我们为难的兵捕，百般地要来懊恼，这一剑一棍、一刀一枪，是免不了的事件，也没有个束手待毙的道理。我们既做强盗，那些文绉绉律令，也不用去弄它，诸位请留心一点儿，且听我说出几个口头条约。"

众道士听到这里，齐齐答应了一声。新红便捧起酒杯，将一杯酒吃得干净，向他们各打了个照面。众道士都明白他的意思，也都一饮而尽。

新红接着说道："天生得我们这样的神筋骝骨，什么事业不好做得？偏生要做这绿林买卖，这又是何苦来？总而言之，我们既有这样过人的本领，就该有过人的肝胆。须知目今北京的大皇帝，不但是我们的仇人，还是我们祖宗世代的仇人，他把我们这乾坤扭转过去，我们是有肝胆的，何能向仇人手中讨生活？不肯向仇人手中讨生活，不做强盗，还做得什么事？我的意思，是专同他们的人作对，专替小百姓打些不平，只要诸位弟兄肯帮助我，做到哪一步是哪一步。有几句粗蠢话，趁此向诸位弟兄说了吧，凡有做清廷的官吏及掳掠良民人家的财帛、走漏秘密消息、做兵捕眼线、私通官府、占夺妇女、乱交没有肝胆的朋友、妄听人唆是弄非、侵蚀公家的款项、遇事游移不肯前进、同室操戈使自家好兄弟失和，诸位兄弟，如犯了我新红这几个口头告诫，果是值价的，就该寻个自尽以掩耻，不能寻觅自尽，只有绑到我面前砍头。便是我新红自己违犯了自己的告诫，也得绑在诸位兄弟面前，给我个白刀子进去、红刀子出来。"

众道士听他说完这一篇的告诫，便是有几个本来不肯顺从新红却又不敢不服他的，也在那里暗暗打算，想李无尘做了好多年的首领，也没听他发过这种议论，也没有他这样的胸襟、这样的威武，我们只打量做强盗，不过盗弄人家几个钱，供自己挥霍罢了。便是李无尘，也会支配我们一众兄弟，大半还不是由他说去，我们哪里理会得？横竖不过是一个强盗，又不是军营中的命令，哪里明白做强盗还是这种道理、做强盗的还有这种人物？他们都是这样的打算。至于朱空元等真有心服从新红的人，早已暴雷似的答应了一声好，接着他们也附应了一声好，大家都是十分信服。以后见新红果然赏罚无私，他的命令出来，却没有人胆敢违拗。

半年以来，新红做事倒也顺利，在江湖上着实得了好些油水。但他的行踪甚是诡秘，虽然人多势大，做的案子不少，但远近的人知道新红做了宿迁吕祖庙盗首的很少，便是那个古老实，自从新红扮作翠姐到吕祖庙去，一家子人早已搬得空空如也。及至差人打听得吕祖庙的风声平静，像似没有什么强盗道士，也就搬得回来。新红也曾在夜间前去告诉他，说："吕祖庙的强盗道士现已守分为良，那李无尘已经杀死了，这地方却是安乐之乡，你也不必畏惧再有什么恶道跑来懊恼，孩子大了，也该给她配一门亲，她的终身才算有了着落。"

古老实连连应诺，这也不用多讲。

且说新红这年把韵燕由扬州带到吕祖庙地道中来，就中有几个道士，疑惑他这个举动违反了占夺妇女这一条，口里虽不敢说些什么，暗地却笑新红这几种口头告诫，竟会使他执法的人犯法。

这时，朱空元和新红最是投契，料知新红不是这样糊涂的人物，背地曾问明新红何以把韵燕带来的缘故，新红便将自己的那一篇道理告给了朱空元。

朱空元便去开导那几个道士，终觉强词夺理，有些说不开。

后来新红也想过来了，暗忖：我这行径，虽然是双方情愿，我和韵燕同居已有多时，好合还没有一次，本来我这心是血热的、是纯洁的，有谁谅解我是血热、纯洁的心呢？我这举动，本来和李无尘绝不相同，但是表面上看来，实在百步五十步之间，相差亦不甚远。我从来对于情欲一关，丝毫不苟，这回不能勘破情关，在情理上虽可原容，但对于我所订立的口头告诫何能假借？我在当日订诫的时候，曾说我自己犯了自己的口头告诫，也得绑在诸位兄弟面前，给我个白刀子进、红刀子出，我是个生性好强的人，如何容得我自己订诫的犯法？

新红想到这层，瞒着韵燕，便集齐了一班道士，说道："我枉做了你们的领袖，自己说的告诫，自己也不能操守。你们越对我客气，越不来责备我违犯告诫的话，我心里越是难过。因此我不能不向诸位兄弟说个明白，今日的事，也不用兄弟们动手，我自己且把这个脑袋割下来，使兄弟们知道前车已覆，后车当戒。"说着，早拔出佩刀来，要向自己的胸膛上刺下。

朱空元一时手快，早将他那把刀夺过来，说："新爷且请平一平气，听我还有下情容禀。新爷当初所以订下了那几种的口头告诫，原怕众兄弟们在外边横行无忌，什么奸淫妄杀的事都做得出来。现在众兄弟都畏服新爷的威德，一个个脸面上都有豪杰的光彩，哪里还肯做出寻淫妄杀的事？众兄弟既然变换了当初的行径，在先却不可没有这几种告诫，于今便没有这种告诫，众兄弟也不致会做出无法无天的事。新爷是天下至情的人，原非奸淫好色之徒可比，一夫一妻的制度，便是孔圣人也不能批评没有理由，新爷若经明媒正娶的手续，天下哪有名门的闺秀去嫁一个做强盗的？新爷这件事，是男女双方都情愿的，尤非强占妇女可比，何况新爷又是坐怀不乱的人。我已向众兄弟们面前将新爷的心迹表明过了……"

新红不待朱空元说完这话，猛地又将那把刀夺过来。一众道士见了，一拥上前，都说："使不得，使不得！"

众道士一面说，一面哭，那一阵声音，真像排山倒岳的一般。

正是：

割发纵教能代首，英雄行径太欺人。

欲知后事如何，且看下回分解。

评曰：

前回叙述众道士罗拜新红，在情理上看似鹘突，兹回一笔拽转，愈转愈灵，笔致变化不测，非如他书开口便见喉咙也。

杀王伦、拜晁盖，在《水浒传》上则专写一林冲；杀李无尘，服朱空元，在《女衣盗》书中则专写一新红。虽则事实内容有不同，本回和《水浒传》文却有异曲同工之妙。

新红自违告诫，似与《三国志》曹操许田践麦事相同，然一则奸雄面目，一则豪侠心肠，未可相提并论。

翠姐事至此轻轻一提，预为后文刘耀南赘婚张本。

## 第八回

### 杀阵布天罗雷针劈木
### 英雄识好汉险语惊人

话说众道士见新红真个引刀自杀，大家一拥上前，都说："使不得，使不得！新爷若拘执成见，却叫我们依着谁人？我们都情愿替新爷一死，总算我们平时感仰新爷的恩德，也就以一死报新爷了。"

众道士一面哭说着，一面早有人拉住新红的膀臂，又将那把刀夺下来。

新红道："你们都说肯替我一死，我这告诫是不容假借，究有谁人肯替我一死呢？"

众道士都抢着准备受刑。

新红忽然大笑道："难得众位兄弟如此厚爱，我也不用再拘执了,今日起,就把占夺妇女这一条改为奸淫妇女吧!但我的死罪虽可幸免,活罪断难宽容,目今也只有这一着了。"边说边从身上解下一件绫袄,吩咐一个道士,扯在面前,用刀斩得丝丝碎裂。

众道士都齐声道好,以后新红便将庙里的丫鬟都匹配一班的道士,却又探得古翠姐尚没有婆家,自己和韵燕这一头亲只做了名分上的夫妻。

韵燕想起她兄长刘耀南来,这几日时间很是撇摘不下,偏好这天刘耀南陷落在地室里面,兄妹相逢,转生出许多的波澜来。幸得新红剖心沥胆地向耀南解释一番,才把撩天的气焰登时挫息下去。

那时新红因刘耀南问及众道士的话,便将当初制服众道士的缘故一五一十向刘耀南说了,又暗地到古家来,对古老实说:"我有个表兄刘耀南,是杭州的秀才,游学到北方来,特请我接引,在府上借榻居住。未知你老人家可否容纳?"

古老实道:"这是哪里的话?小女子蒙小姐的庇荫,得全贞节,我们父女无以为报,都给小姐吃了一个长斋,至今尚不曾开荤。小姐有什么吩咐,断没有不依从的道理。"

新红听了大喜，便请刘耀南到古家居住，很在古老实面前露出耀南没有亲事的意思。古老实听罢，暗暗点头，看耀南的人品又高，学问又好，便请出人来，向刘耀南说，愿将翠姐招赘耀南为婿。

　　耀南看古家的闺门很正，那翠姐姑娘真个出落得比玉能温、比花能活，他在穷途无有归宿的时候，又见古家是个大户人家的样子，娶这么一个千金闺秀做自己的妻子，不比当初买妓女要好得百倍？他是为什么来的？自然没有不愿意的道理。于是耀南就做了古家的赘婿，和古翠姐琴瑟之情极为和谐，这也不在话下。

　　单说新红暗中打探耀南已做了古家的赘婿，心里很是欢喜。众道士有请新红和韵燕圆房，新红总回一句后来再说。众道士只猜不着是什么意思，唯有新红和韵燕两人心里明白。韵燕虽是个弱不胜衣的女子，但新红平日间也教习她一些拳脚功夫。这回新红去南方做买卖，他虽然手下有这一班的党羽，总是各去干各的事。新红每次出发，也是独往独来，并不要他们前去帮助。有时他的党羽在官里犯了案，总由新红在牢监里解救出来。这回新红也是孤独独一个人到南方去，他仗着有一身的好本领，本来是个男性，虽打扮得花枝招展，一路上却不怕那些浪蝶狂蜂想来吊他的膀子。

这日刚走到贵州娄山下面，忽听得一声梆子响，山头上早下来十多个喽啰，一个个都拿刀佩剑，现出凶神恶煞的样子，向新红啧了一声道："小羊仔，须纳下路头钱来。"

新红笑道："你们打算到老虎头上拍苍蝇吗？我到了这里，你们这些瞎了眼的东西，公然想在我身上发一注财，要献神通给我看，我也不阻拦，看你们怎样动手便了。"

那十来个喽啰听新红说话的口腔，分明是男人的声调，并且说的是一口北方话，看他的行径，便知道他的本领不凡，即由为首的一个喽啰向新红说道："听你所说的话，也知道是我们一类的朋友，但你是北方人，到我们南方来做买卖，你要是讲客气，就得先到我们山上大王那里打一声招呼，你才懂得江湖上的规矩。"

新红道："你说我对你们不客气，我看是对你们太客气了。我做这买卖也有好多年了，不拘到哪一省地方，只有人向我打过招呼，我从来没有向人家打过招呼，你山上的大王，凭什么叫我去打招呼？你们这些东西，我倒懒得动手伤害你们，快把你山上的大王叫出来，看是一个什么大英雄大豪杰，我也好见识见识。他若避我，须不是好汉子；我若避他，也算不得是个好汉。"

一面说，一面从裙带下翻出一把刀来，现出神气十足的样子，看那一众喽啰是怎样的对付。

那一众喽啰，内中有一个人听完新红这话，忙拈弓搭箭，嗖的一声，向山上射去。不一会儿，便见半山间飞尘大起，跑下一大阵喽啰兵来。为首的一个强盗，约有二十来岁，生得豹头虎目，面如黑漆，头戴一顶壮士巾，身穿镔铁锁子甲，外罩一件玄色湖绸英雄氅，脚踏黑帮粉底皮靴，手执一根大倍寻常的铁棍，胯下一匹鬃毛狮鼻踢雪乌骓马，风驰电掣，从半山间飞驶而来。

便有一个喽啰接住那强盗的马头，禀道："这里来了一个北方的响马，不买我们娄山这一笔账，公然出言顶撞大王爷爷，请大王爷爷立刻将他碎尸万段，看再有什么北方的响马到我们南方放肆。"

那强盗点一点头，向众喽啰一挥手，那些喽啰一声答应，就同下围棋布定子般，团团地将山下包围起来。

新红看那强盗一马放来，向他喝道："兀这响马，须留下姓名来，要知铁爷爷手下，不杀无名之鬼。"

新红道："你和我比较武艺，不是比较名字，老爷的名字，倒有一个，你是有眼睛的，就得认一认我这个人，问我什么名字？"

那强盗听罢，向新红打量一番，便拨马舞棍，向新红逼来。论理那强盗骑在马上，比步战总该得些便宜，两下搭上手，战了四五个回合。忽然那强盗飞起一棍，向新红头顶上打下，这棍法名为雷针劈木，是最杀手的毒作，只听新红说一声"不好！"，早已噗的一声，栽倒地下。

那强盗哈哈大笑，想不到这棍却打了个空，看这女衣的响马已不见了，暗想：他会使什么隐身法吗？抽回铁棍，定睛仔细看来，仍然不见他的踪迹，便拨回马头，准备问一问背后的小喽啰，那女衣的响马是向哪里去了。谁知那马如同生根的一般，怎么能拨得它转？那强盗登时吃惊不小，陡听得马腹下有人狂笑了一声。

原来新红在他一棍打下来的时候，早钻到他的马腹之下，那马的前蹄后腿都被新红紧紧挺住，哪里还能转动分毫？那强盗忽听马腹有人说话，便一闪身，举棍打来，忽然那强盗已在马身上直掀下来。原来是新红狂笑了一声的时候，已将那马的后蹄一掀，前蹄不着力，那马便飞跳起来。

强盗掀翻下来，铁棍早掼有一丈多远，还未起身，已被新红用脚将他胸脯踹住，指着自己的鼻子，向那强盗嘻嘻地笑。那强盗也算得一员虎将，到此已没有抵抗的能力了。那马早吓得向山上便跑。

一众的喽啰见大王爷爷被这女衣盗杀了个下马威，一个个咬牙切齿，望着新红，恨不得大家把命拼了，也要将他杀死，早呐了一声哨，一齐奋勇前来。有几个自诩神箭手的，早搭起弓箭，向新红面部、脑部、前后心、左右两膀臂射来。谁知新红这头部、脑部、前后心、左右两膀臂间，都像有很坚固的挡箭牌一般，箭到处纷纷退落，新红却动也没一动。

那些一拥而来的小喽啰，他们本没有什么过人的见识，只凭着一些血气之勇，正待冲杀过来，却见那强盗摆着双手，众喽啰才想起投鼠忌器的意思，只在那进退彷徨，不敢动手。新红暗暗一想：这强盗的本领也还不弱，脸上并无邪气，且有逼人的威风，我将他打败到这样光景，已叫面子上太难为情了。总之我和他没有深仇，再在这里和他纠缠，不是叫他以后越发没有脸面见人吗？

新红表面上虽极精明，心地却甚宽厚，便扯着谎向众喽啰扬手说道："我是久闻贵寨首领的功夫了得，特来领教，在诸位弟兄们眼中看来，贵首领的功夫总算逊我一筹，其实我的本领万不及贵首领，这是我以巧取胜，占贵首领一点儿便宜，算不了什么。贵首领谅是一个爽快的人，料想不记我的仇恨，诸位弟兄也用不着再失惊打怪，叫我越发抱惭生愧，对不起贵首领。"

边说边叉开脚步，将那强盗扶得起来，在他胸脯上揉了几揉，说："老兄不曾伤坏了哪里吗？"

那强盗连说："不曾不曾，总怪兄弟有眼不识泰山，务望老哥包涵则个。"

新红登时赔笑不迭，竟向那强盗告辞作别，却被那强盗将他的衣袖拉住，说道："哪里走？"

新红道:"你敢是要和我再领教几手吗？我可不能再奉陪了。"

那强盗也扑哧地笑道:"老哥这是哪里话来？老哥的本领实在使兄弟佩服得一根根毛孔都钻出一个快活来。此地不是倾谈之所，且请老哥到山上去坐坐，兄弟有一件事，要仰仗老哥的大力。"

新红听他这话，不好违拂他的意思，竟自大踏步随着他向山上来。后面跟着左一队右一队的喽啰，气象好不威武，那强盗早将新红接到了聚义厅上。

新红看那聚义厅的款式甚是宽敞，两边的楹柱上写着一副对联，上首是:

无血性不成侠盗

下首是:

有肝胆方是英雄

新红看着对联的时候，那强盗便将新红请在上面坐定，自己在侧面相陪。忽地一个小喽啰进厅禀告，说:"那匹踢雪乌骓马已溜回槽中了。"

那强盗道:"这匹马太不济事,将它宰却了吧!"

新红在旁止道:"老哥的马,的是一匹良马,不是……"说到这里,他舌尖缩回了。

那强盗也会过意来,转吩咐喽啰:"将那马喂好了草料。"

茶话时间,彼此问过姓名。那强盗说是姓铁,名儿也唤一个铁字,是安徽凤阳人氏,江湖上人送他一个诨号,唤作铁面二郎。当时铁铁曾听新红说是田士杰的好友,勒着一个铁也似的拳头,向自己脑袋打了几下,暴起一个老大的疙瘩来,说:"原来新大哥是山东田爷的朋友,怪道新大哥有这样的肝胆,算是江湖上一个仁义过天的人。请问田爷那么一个人物,肯交没有相干的朋友吗?该死该死!我铁铁真是瞎了眼,怎和新大哥交手打起来?"

新红笑道:"你认得田阿哥吗?"

铁铁道:"我果然认得田爷,大哥是田爷的好友,我也认得大哥了。田爷的鼎鼎大名,我们安徽的人,不知道田爷的,也不算是在江湖上走走的汉子了。我在安徽的时候,听得田爷在山东失了脚,其时我急得双脚乱跳，就想带领几个把兄弟，前去大劫法场。后来打听得田爷砍了头，我听了好不伤心，整整哭了几个整夜。"

说到这里，不禁洒了几点泪来，又接着说道："目今的世界，全是不讲道理，凭我们一班有本领人，白白埋没了，转吃那些赃官污吏的亏苦，太不值得。不瞒新大哥说，兄弟自到贵州以来，占据了这座山头，历年很有些进项，弟兄们投到我这里的，一天多似一天，如今既遇到大哥这种人物，怎肯放大哥远去？请大哥在我们这里坐着第一把交椅。"

新红道："这个我绝对是不易担任的。"

铁铁见新红十分坚拒，转噘着一张嘴，坐在旁边，低着头一言不发。

新红勉强同他周旋了一会儿，心里像似有话要同他说来，恰在舌尖上打了几个转，又把那句话缩回来了，便又起身向铁铁告别。

铁铁道："难得新大哥到我们这里，真是我的造化，我本真心将第一把交椅让给大哥，大哥却苦苦推让，我也没有法子。但我有一件心事，正要向大哥说，这件事非大哥是办不成功，大哥却要把兄弟生生推开，这是何苦？绝人太甚！"

新红道："你有什么心事？快快说来。"

铁铁便不慌不忙，把那件心事说出来。

正是：

欲语性情同骨肉，且将肝胆缔神交。

欲知后事如何，下回自有分解。

评曰：

作者极力写铁铁，并非极力写铁铁，正是极力写新红也。此与上文写朱空元看似特犯，绝不相犯，行文波翻云涌，然其运笔亦好整以暇，阅者最宜注目者也。

此回突然出一铁铁，借以开出后半部书，写新红是主，写朱空元、铁铁是宾，是书以新红为全部之主人翁，即以新红为全书之线索。

## 第九回

孙虎胆厅前施绝技
女衣侠酒后运神功


话说铁铁当将新红请在椅子上坐定,一面令小喽啰安排筵席。

铁铁从容说道:"新大哥既是田爷的好朋友,兄弟这一件秘密的心事,却不妨对大哥剖白出来。兄弟虽做这打劫的生涯,也明白那国仇的大义,想凭这一口气,拿鸡蛋去碰石子,把山河恢复过来。南五省的绿林头目,同一班江湖上会武艺人都拿热心去结纳他们,看他们其中性情最厚、肝胆最烈的,便将自己的志向说出来,同他们参详参详。大哥的本领比我大、见识比我高、性情肝胆都十分血热,我的意思,想大哥做个龙头,把南五省的血性人物一股拢儿邀约得来,大家齐心协力,揭竿倡乱,好做一回反叛耍子。"

新红听完这话,暗忖:他方才想请我坐第一把交椅,我不肯承认他,但因他生得这样的神筋骝骨,天真烂漫,想请他共举大义,总觉得交浅不能言深,有些碍口不便说出。原来他也是这一路的人物,何妨把发难的计划对他明白地宣布出来。

想到其间,便向铁铁说道:"铁兄既对兄弟说这样话,总算承认兄弟是一个好朋好友。铁兄想凭这一口气,做反叛原不是当耍子的事,总要有点儿计划才好。铁兄说是拿鸡蛋去碰石子,这话倒又不然。铁兄且看现今全国官吏,只知道歌舞升平,军队也存了个模样儿了,各省都养些老弱的残卒,吃孤老粮当兵的人却还不少,做武官借着他们敷衍排场,吞粮吃饷,其中尤以旗籍人居多,哪怕连刀枪都扛不起来,也要做一个千百把总,哪怕胸中没有一些韬略,也要做一个统兵的大元帅。凭我们这班做强盗的,前去同军队为难,一个足抵挡他们百个,他们百个也抵不住我们一个,谁是鸡蛋,谁是石子,这话铁兄却不用过虑。但我们在未曾发难的时候,就不能做这剽路的生涯。

既经发难以后,又要换一个强盗的面目,不能再去乱动人家的一草一木了。就因在先没有我们这班强盗去打倒满洲人,一班小百姓们若被我们唤醒过来,尚想到国仇的大义,万一以暴易暴,闹得民家鸡犬不宁,那些小百姓们怎肯相信我们打倒满洲人的大头脑呢?"

新红刚说到这里,小喽啰已摆上酒来。

铁铁道:"新大哥这话,一句句钉入我的心坎里,我听了好不痛快。孩子们,快去取大盏来。"

不一会儿,新红和铁铁入席坐定,并不用喽啰把盏,新红照例要谦让一回。

铁铁勒起两个圆鼓鼓、黑漆漆的眼珠说:"新大哥怎的懊恼兄弟?"边说边斟下两大盏酒,早捧一盏到新红面前。

新红还踟蹰不肯,铁铁只急得头上的青筋一根根都暴栗起来。新红便双手接过那盏酒,一饮而尽,说:"依你依你!"

酒过三巡,忽听得一阵哈天扑地的声音,有个人从厅外走得进来,说:"你们真好乐呀!我特来送个喜信,好给你们下酒。"

铁铁听得那人的声音,早知他的好友铁枪孙胡子来了，便站起身来，忙给新红和孙胡子介绍说："这是山东田爷的好友新红新大哥。这是我的好友孙虎胆孙老大，贵州人称他叫铁枪孙胡子的便是。"

孙虎胆当向新红点头招呼，竟自大儒不居地在新红下面坐定，从铁铁面前抓过那一个大酒斗来。小喽啰已添上杯盏。

孙虎胆毫不客气，自斟自酌，一口气咕嘟咕嘟喝了三大盏酒，忽地向新红笑道："好一阵酒香、脂粉香，这位新兄怎的这样婆子气似的，装作女儿腔？不是我孙胡子吃酒说醉话，你若是个女儿身，嫁得我这夫婿，你看我这一嘴胡子，要刺破了你的嘴唇皮呢！"

新红也不由哑然失笑，看他脸面上像煮熟了蟹壳样子，年纪虽在四十上下，一部刺猬似的胡子，一根根都倒竖起来，说一句话，喉咙和轰天雷一般的响。如果像他这个生气虎虎的英雄，真和像我这一个态度翩翩的少女，并坐在一块儿吃酒，这不是一件斗大的笑话？心里这么一想，不由笑得前仰后合。

接着铁铁也大笑起来。孙虎胆笑了一会儿，连后才满斟一盏酒，递给新红面前，再满斟一盏，递给铁铁，自己又干了一盏，说道："我因在北京打探一件买卖,连夜赶得回来,却没有吃酒,特到铁二郎这里报个喜信。不料看你们在这里畅饮起来,我闻得这一阵酒香,简直喉咙里痒得要爬出虫子来了,一口气干了四大盏酒,好不爽快人也。"

新红听他说完这话,便向他问道:"北京离这里相去不啻万里,你就在空中飞,也没有这般快。"

孙虎胆道:"铁二郎在这里,我可是不会说谎。我向来会的是飞行法,从北京到此地来,弯弯曲曲,来回约有一万里,若在空中飞行,毫无阻碍,只有三千多里的路,我一个时辰能飞六百里路,一夜飞得三千里路,还算多吗?不过我使的是飞行法,不是飞行功,飞行法虽不是硬功夫,多借作符咒的力量,但用起来比使用飞行功的人还加倍迅快。"

新红道:"飞行功在江湖上人练习得很少,但有会使飞行功的人,未必不及会使飞行法的那么迅快。"

孙虎胆道:"听新兄说这话的口风,也会使飞行功吗……"

话犹未毕,适天空有一群飞雁叽喳叽喳向山头下飞鸣而去。新红估量那一群雁尚飞得不远,便向孙虎胆笑道:"我这时尚不明白像我们用飞行功的人,敌不过飞行法那么迅快,你可能赏光赐一点给我看看,把那一群飞雁抓得一只前来?"

孙虎胆不待新红接说下去,便说了一声:"献丑!"口里不知念些什么,走到厅外,两足一蹬,全身凌空,转瞬不知去向。只不消一杯酒时候,孙虎胆已将一只雁抓得回来。那雁被他捏着两个翅膊,不住地伸头噪着。

新红看这只雁没有丝毫的伤损,倐地孙虎胆松开了手,那雁便飞出厅外。新红一时兴起,一个飞电凌空势,已从椅子上飞到厅外,只一腾身,已将那只雁抓得下来,把它两腿放在膊臂上。那雁展开翅膊,像似作势要飞的样子,只见新红膀臂上微微颤动,那雁要飞竟飞不起来。

孙虎胆和铁铁都十分诧异,就疑惑那雁翅膊上已有了毛病。

忽然新红说一声:"飞去!"那雁便一翅飞到了对面屋上。

忽然新红又对着那雁把手一招,说一声:"飞来!"那雁便又飞到聚义厅内。

新红指东飞东、指西飞西,那雁东飞西鸣,两翅膊忙个不了，也不能飞向厅外去，也不能在厅内飞落下来。

新红忽向那雁说道："辛苦你了，请你出去寻你的伙伴吧！"说着，把手放下。

那雁叫了一声，早又向厅外飞去了。

孙虎胆和铁铁都像看把戏的看出了神，不约而同地问新红这是用的一类什么法术。

新红道："我不会软功夫，不懂得什么法术，这是我硬功夫，也就是飞行功的功夫。诸位看我这类功夫，同飞行功相去奚啻天渊，其实同是一样的道理。练飞行功是活力的作用，这也是活力的作用，活力有了七八分火候，意之所到，形必随之，不拘穿跳蹦纵、飞行拿攫，哪一类功夫都使得出。使飞行功两手向前一招，这活力便用到一丈开外。我方才这功夫，所以说同飞行功是一样的道理，飞行功全仗着两膀的力，两膀虽不同飞雁的两个翅膀，一会儿使用活力，飞起来同飞雁的两个翅膀一样，使飞行功的人，只把周身的活力用一大半在两膀子上，留一小半看守本营，活力是练不到绝顶的。人的活力无穷，飞雁的活力有限，活力越大，飞行功越好，所以借着那无穷的活力，飞行时自然比飞雁还觉迅快。活力是虚力不是实力，看是功用大得不可思议，其实柔若无物。活力比水，快刀可以斩铁，不能斩水，故活力也可说是虚力，就因是个虚力，那一只大雁在我手上招来招去，却没有受着丝毫的微伤。"

新红是这么地说着，孙虎胆像似已能领会的样子，但不相信他的飞行功使出来，比自己飞行法还飞得迅快。正要向新红谈说什么似的，铁铁忽然说道："新大哥原来完全是用的虚力，岂但那只雁没有受伤，便是在山下的时候，我从马身上栽下来，新大哥用脚在我胸上一踏，那不是用的虚力，我不死必受重伤了。"

孙虎胆便问是怎么一回事，铁铁便将那一回事向孙虎胆说了。

新红接着说道："岂但铁兄没有受我重伤，这是活力的好处，便是铁兄在马身上一铁棍打下来的时候，铁兄这棍是杀手的毒作，在铁兄疑惑这棍打了个空，其实却是打个正着。山上的兄弟们曾放箭射我，一支箭也没有射落我的身上，这也是活力的用处。铁兄的那匹踢雪乌骓马，被我掀着它的前蹄，如果我不是用的活力，早已掀坏了铁兄的那匹良马了。这活力只能吓人，不能伤人，伤人的力是实力，不是虚力。除非和人肉搏的时候，存心要伤害那人的性命，才用得着实力，然必看穿那人的实力，绝不是自己的对手，才用它得着。如果那人的实力比自己高强，不想用实力行险侥幸，用这虚力和他周旋对付，却包管不吃亏。但因虚力和那人周旋对付，实在要取那人的性命，又是怎么办法？所以我身边也佩着一把单刀，就是预备以虚力和人对付，却借这把刀杀害他性命的缘故。"

孙虎胆同铁铁听完他这一篇话，句句都从根据上得来。

孙虎胆道："新兄这一篇道理，真是言言金石。"

铁铁在旁笑了一声道："我们都是些粗人，斗大的字也识不得一石，孙大哥不用在江头上卖水，什么金字、石头的，可别用在新大哥面前弄这字眼儿。我们且坐下来再斗几盏，孙大哥有什么喜信，不妨在席间说出来，好给新大哥下酒。"说罢，又命小喽啰重整杯盏，大家仍依次入席坐定。

孙虎胆暗想：我倒要试试这姓新的朋友，究竟他的飞行功好到什么样地步,他的硬功夫虽然好得了不得,未必他的飞行功真个比我的飞行法还快。心里虽这么想着,却被铁铁硬来问他究有什么喜信,便向铁铁笑道:"这位新兄可是我们同志的朋友?"

铁铁应一声是。

孙虎胆道:"铁二郎常说目今这没本钱的买卖没有什么趣味了,大丈夫当替国家做一番事业,去找那北京的大皇帝算账。别的不消虑得,只有这军饷一层,我们平时赚几个钱,都随手用去,如今这一笔饷银,匆忙间向哪里取来?我想北京是个京城,那里做官有钱的人家很多,准备到北京去做一回买卖,却打听和珅和相国府里,他家的二公子聘下两湖总督的三小姐,纳彩的喜期就在三月二十八日,距今天还有一月。据说这一笔聘礼,金珠宝玉,共值有一百多万,押解的人是北京震记镖局的褚震远。我听了这样喜信,特地回来告知二郎,这件事人多了固办不好,人少了也办不来,难得有新兄到来,三个人正好做事,在半途间一股拢儿把金珠宝玉劫下来,这一笔军饷就算有了着落。像这样喜信,还不可给你们下酒吗?"

铁铁听完这话,喜得从椅子上跳下来,说:"老大哥，酒是不吃了，我们就赶快去吧！"

却见新红不住地皱着鼻子，摇着头，很惊诧地向孙虎胆问道："谁呢？是褚震远押解的吗？"

孙虎胆应是。

新红道："你怎么想在太岁头上动起土来？"

铁铁见新红语气不妙，也惊讶道："新大哥倒认得那褚震远吗？"

新红道："我不但认识他，并且是我的师兄，不知他这天杀的怎么到北京开设镖局，给有钱人家做看财奴？他的本领，恐怕我们都不是他对手，这却怎么办呢？既是他押解这一百多万的聘礼，快不要说拦劫的话了。我们纵然想在他面上显一显面子，这不是孙行者闹到如来佛座前去吗？"

孙虎胆、铁铁见新红是这么说，一颗热辣辣的心转有些冰冷下来。

忽见新红把眼珠翻了几翻，说："有了有了！"

正是：

山穷水尽疑无路，柳暗花明又一村。

欲知后事如何，且看下回分解。

评曰：

　　新红欲向铁铁问话，却偏在铁铁口中说出新红心事。孙虎胆欲在新红面前表示自己的飞行法，却偏在新红口中请孙虎胆显出飞行法。文心甚细，而笔亦曲折以达。

　　铁铁辈将飞行功看得极难，新红却说得极易，铁铁辈将拦剿聘礼看得极易，而新红却又说得极难。行文之波诡云谲，殊令人无从捉摸。

# 第十回

## 送彩礼奸相胁镖师
## 玩金缸英雄服怪杰

话说新红那时连把眼珠翻了几翻说:"有了有了!这倒是死棋中一个活着。"

孙虎胆、铁铁听说还有一个活着,不由喜得心花都开放了,一齐向新红笑道:"有什么活着,请新兄说出来,也好使我们快活快活。"

新红道:"这一着由我一个人向前行去,但不能害掉褚师兄的性命,有伤同门的手足之情。"

一面说,一面又将自己的计划向孙虎胆、铁铁二人说了一阵。两人听说这话,都拍着巴掌大笑起来。

新红席散以后,便回到宿迁昌祖庙去,将朱空元等一班道士约在娄山相会。韵燕且送在刘耀南那里住下，所有的丫鬟都酌量路程的远近，送资遣散。回到娄山，等朱空元一班道士前来，新红给他们向孙虎胆、铁铁介绍一番，大家商量分头办事，由新红一人到北京去，却令孙虎胆、铁铁、朱空元三人在桐柏山要扼的所在，专等和家的彩礼经过，相机行事。

这夜，孙虎胆因新红诸事料理已毕，分头出发，却见新红从半山间一飞冲天，竟像流星一般的快，直飞向东北方而去，转瞬间便不见了。料想他这飞行功，一个时辰至少要飞八百里路，才恍悟自己的飞行法实在敌不过他的飞行功，便一手挽住铁铁，一手挽住空元，口里念念有词，两脚齐跳，一时飞到空间，如同腾云驾雾一般，约有四个时辰，已到了河南桐柏山下。便在那里赁了一所住房，准备照着新红的意思，略掺些机变作用，在和家纳彩的喜期前十日，暗暗打听和家的彩礼是几时要在这地方经过，只用奇兵，不用正兵。究竟和家的彩礼曾否在这桐柏山下经过，他们要剿劫法，又是如何劫法，后文自有一个交代。于今调个笔尖，一笔写到褚震远身上。

褚震远也是天津人氏，曾拜昆仑山散脚道人为师。这散脚道人有两个徒弟，大徒弟是褚震远，二徒弟便是新红。散脚道人传给褚震远等气功武术，论机变要算新红，论本领要算褚震远。两人下山以后，散脚道人已不在昆仑山了。新红小时候爷死娘不在，家里又没有恒产，自己心高气傲，不善经营，又不屑受没本领人的使用，斩斩截截，做了一个强盗。褚震远的环境却与新红不同，家里有些田产，不做强盗，并不愁没饭吃、没衣穿，但他生性喜交远近三教九流的人物，如走马、卖解、拳师、捕役等人，投到他那里，褚震远只打听那人有点儿声名、有点儿把式，必请到家里来谈论功夫，当作上宾款待。也有身怀绝技的人，知道褚震远是个不群的豪杰，从多远的赶到褚震远家中来。褚震远都是推诚相见，临行的时候，都送着成千上百的盘缠。这只有新红因褚震远和他的性格不同，绝迹不到他门来。褚震远也因新红做了强盗，不便招呼他前来，暗地想着新红，也不禁替他扼腕。

褚震远的家资有限，却禁不起他无穷的挥霍，早已将祖传的恒产卖尽典光，而家里的情形仍是非常热闹，真个"座上客常满，樽中酒不空"。渐渐一天一天地有些支持不来了。褚震远一想不好，自己又不肯去做强盗，没有法子，由北京的几个朋友帮忙，给他在北京租了一所大杂院，开设一爿震记镖局。

自从褚震远开设了镖局以后，向没有被人家劫过一回镖车，因此生意逐渐发达，每月的进项也着实可以敷衍得去。就是褚震远几个朋友，打听得和相国府里的二公子订下两湖王总督家三小姐这一头亲，和相国府里的二少爷是个好面子的，相国府里有的是明珠玛瑙、珊瑚翡翠这些贵重的东西，此次二少爷到湖南会亲，至少彩礼要值一百万，便到相国府里走动走动，给褚震远鼎力吹嘘，要想替褚震远兜揽下这笔生意。

相国和珅也听得震记镖局可靠，向没有被人家拦劐一回车辆，并知道褚震远的本领不凡，这一份彩礼送到湖南地方，虽则一路上有官兵保护，若得褚震远押解保护，更稳当些，便将褚震远带到相府，公开谈判。褚震远恐怕这一笔生意太大，树大容易招风，江湖上有本领的人着实不少，强中更有强中手，安知没有比我褚震远本领再大的人在半路上拦劫这份彩礼？那是怎么好？褚震远这么一想，本不愿接揽这一笔生意，但在北京各大镖局的镖师，除我褚震远，更没有及得有我这样本领的人，我不接揽这般生意，别人若接揽得去，在半路上坏了事，这和相国是何等的猜疑善忌？就更疑惑我和强盗伙通，办我一个伙通大盗的罪，那么事情更糟透了。

褚震远心里正在踟蹰，和珅道："你以为老夫没有说到赏银吗？你能将这份彩礼押到湖南，一路上没有风险，老夫就赏你二万两。"

褚震远叩头禀道："不是小的不遵老相爷的吩咐，无奈这路程又远，彩礼又丰，恐怕小的是承办不了。莫说二万两，就是二十万两，小的也不能担保没有风险。但老相爷待子民天高地厚的恩，小的就拼着性命，只要办得了，也应该拼命承办，怎敢想要老相爷的重赏呢？"

和珅听了，陡然沉下脸来，厉声说道："你这奴才，可知道清平世界，浩荡乾坤，哪里有什么大盗？更谈不到有什么风险。你好不识抬举，你以为不肯承认押解，老夫便不能勒令你押解？你既不识栽培，想你就是一个大盗，你敢再有意放刁，不肯承认，须仔细你的脑袋。"

褚震远听罢，没奈何，只得把这差事承认下来。和珅便写一张支票，价目是二万两，期限两月以后。当时褚震远填好了接揽的笔据，收了支票，出了相府，一路上垂头丧气地回到震记镖局。

一日，褚震远向一众宾客说道："我有几个朋友，在和相爷面前胡吹瞎说，相爷就以为我的本领了得，委任我在三月二十八日，押解价值一百多万的彩礼，到湖南总督衙门行聘。我的本领实在有限，知道这一笔买卖大了，近方的响马晓得我的很多，肯同我讲说交情，一路上不敢夺我的镖是假，不好意思夺我的镖是真。所怕要惊动了远方大响马，这一笔买卖，难免得一番龙争虎斗。我在相爷面前，本不肯承认去办，他们做官人的面皮，转换得比什么都快，哪里能放我不办？我想一个人的能力有限，诸位伯叔兄弟和我相处的日子甚多，我想劳动几位本领最高的人帮我一行，诸位伯叔兄弟大略不肯推诿。但我和诸位相处的日子虽多，诸位的本领虽高，究竟高到什么程度，我实在不知道。诸位恕我不客气，肯答应我这几句话，看诸位各有什么绝技，不妨一个一个地显出来。"

众客都说了一声好，于是有一个人出头说道：

"我的本领须在这厅外场上跑几个圈子，才能显得出来。褚震远看我是怎生显法。"

这人便走出厅外，看平地都是青石砌成，十分光滑坚固，上面搭了一个敞棚，这人便在厅上跑了几个圆圈子。褚震远向外看时，那人已歇住了脚，看他足迹经过的地方，有一只只足印陷入石中，足有半寸多深。

褚震远便开颜一笑，说："这大哥的武艺也好……"

话犹未毕，那人便将足迹经过的所在，凸起的石头，用手掌摩挲了一过，竟把那凸起的地方摩得平了，却变成圆圆的一道深沟。许多人见了，都同声喝彩。

褚震远也说道："实功练到老哥这一步，已算到了极顶，可以帮我一行。"

这人也笑道："我汪铎只练得这一类实功，若气功能练到这一步，怕不要练成一个金刚不坏的身体吗？"

褚震远点点头。

内中又闪出一个人来道："汪大哥这种本领也还不错，但我郭凤能在草灰上连跑一百多步，便能显出我的能为来。"

褚震远即命人挑出数十石草灰,平铺在天井里,约有二尺来厚,却铺得很松活。郭凤却穿了一双铁钉的皮鞋,来回在草灰上跑了数十趟,又跑得很快,不但看不出一些脚印,连铁钉的印子也没有一个,依然是平铺满庭松松的草灰,踏不出一点儿痕迹来。众人又不禁喝一声彩,震远也不住地赞好。

郭凤道:"两脚踏在草灰上飞跑,是把周身的功夫提到上面,脚上没有着落一点儿气力,所以草灰上看不出一点儿痕迹来,这算得什么?褚教师请看我好的吧!"边说边在草灰上头向下、脚向上地倒翻了一个跟斗,横竖欹斜,接连又做乌鸦展翅、金鸡独立、朝天一炷香的种种架势,越做越快,越快越多变化。

郭凤做了一会儿,从容走上厅来,不但草灰上仍没有一点儿痕迹,连些微的灰末也飞不起来。那一阵喝彩的声浪竟像焦雷般地响起来。

褚震远口里连说:"好的好的!有郭兄和我同行,这就好极了。"

厅上又有一人说道:"教师看我这样子,能随教师一行吗?"

褚震远一看那人，正是一个痨病鬼模样的人，姓吴，名字叫作禄堂。褚震远平时虽知他人是个痨病鬼模样的人，本领却不是痨病鬼的本领，于今听他这样说，面子上虽极客气，骨子里却露出瞧不起汪铎的意味儿来，便向他笑了一笑道："老哥要仔细押解相国府的彩礼，这可不是一件当耍的事。"

吴禄堂只是摇摇头，看厅前有一只大金缸，贮着满缸的清水，有几尾金鱼游泳其间，吴禄堂故意想着说道："拿什么才显出我的本领来呢？也罢，我就玩一玩这只大金缸吧！请褚教师和众位看准了，这缸里不是养着十来尾金鱼，贮着满缸的清水？我是玩把戏的人，实在杀人栽瓜的那些魔术，我是一些懂不来的，于今欲显出我的武艺，不妨当作玩把戏一般，玩给褚教师和众位看一看。褚教师和众位看得上眼，就许我同行；如果看不上眼，我也不肯在褚教师和众位面前再说出这几句丢人的话。但我玩这把戏，口不念咒，手不烧符，要脱得一丝不挂，好在这里没有女人，少不得要在褚教师和众位面前献丑了。"

旋说旋除了头上瓜轮小帽，脱去脚上的袜布皮鞋，把身上的衣裤一件一件地脱了下来，露出一个模特儿来。只见他那瘪瘪的精皮一片，包住了棱棱的瘦骨几根，便走近缸前，将身一跃入缸，用两手握住两边的缸沿，连缸带人忽然跃有一丈多高，落下地来，恰没有一些响动，缸里的十来尾金鱼仍像若无其事般在那里游泳着。众人见了，都点头赞服。

褚震远道："他的实功夫又稳健又矫捷，好生了得。"也随着众人说了一声："好好！"

忽然吴禄堂从缸里直跳出来，便有小厮准备前来，给他揩抹。吴禄堂向那小厮努一努嘴，那小厮不由倒退几步，吴禄堂便从容自若地坐在那里，准备穿着衣服。褚震远一众人等见他身上没有一些水迹，并且知道他多日没有洗澡，那腿上的脂垢仍是干燥燥的，不像似在水里跳出来的一样，把众人都看得呆了。及至吴禄堂穿好了衣履，那一阵喝彩声就同排山倒岳的一般，褚震远更是一个识货的，连说："吴老哥的本领真了得，要算我姓褚的镖局里一根擎天玉柱了。"口里虽这么说，心里总疑惑吴禄堂这是妖法，不是武功。

吴禄堂看出褚震远的意思，不由笑了一笑，却又走近缸旁，高高地伸着五个指头，在缸中抓上去、飞下来，缸中的水就接着咚咚作响。

褚震远见他空着手，不知在上面抓些什么，走近一看，却见吴禄堂随意伸手在空中一掐，那缸中的水就像落下一颗石子般，咚地一响，水珠四溅，接着又将手一提，那水便涌到缸沿，现出无风三尺浪的样子。再见吴禄堂已把手缩回了，那缸中便也风平浪静，有两条死金鱼浮在水面。

大家更是诧异不小，又见吴禄堂指着褚震远说道："你名为好客，实不将好本领人当人看待，我不愿在你这地方了。"一面说，一面便倏地跳上屋檐，眨眼间已不知去向。

正是：

四海漫留知己恨，一身空为爱才忙。

欲知后事如何，且看下回分解。

评曰：

叙述汪铎、郭凤、吴禄堂之绝技，一步紧一步，一个胜一个，情节非常热闹，事实非常离奇,独于褚震远之技击,略而未详,此是有意躲闪,预留下文余地也。

褚震远有好客之名,而无好客之实,其好客也,直以蟋蟀斗鸡豢客焉耳。本回写褚震远之不识吴禄堂,正以反衬出下文新红之独识吴禄堂也,新红非盗中之人杰欤?

第十一回

盗宝刀三更探虎穴
宿客店千里抉人头

话说吴禄堂当指着褚震远说道:"你名为好客,实不将有本领人当人看待,我不愿在这地方了。"旋说旋使一个箭步,跳上对面的屋瓦,转瞬间已不知去向。

褚震远直到此时,深悔自己得罪了身怀绝技的英雄,自己还不知道,同众宾客都在厅上叹息了一会儿。这许多的宾客当中,除去吴禄堂、汪铎、郭凤三人而外,大半都是些花拳绣腿,中看不中用的角色,哪里还有人再敢出面,在褚震远面前显出什么能耐来?

当时褚震远又向汪铎、郭凤二人安慰道："我虽喜欢结纳江湖上的人物，实在是胡闹一阵，在有意无意之间，往往曾得罪天下的英雄。即如两位老哥在我这里住了一个多月，我纵知两位老哥的本领好，究不知好的是什么本领，这本领好到什么程度。幸而两位老哥都能原谅我的不是，如果也像我姓褚的这大咧咧的模样，老哥们不要骂我是个懵懂，两个眼珠太瞎，太不识人？"

汪铎道："老哥是哪里话来？只要老哥知道兄弟还有这一点儿本领，兄弟就感激不尽了。"

郭凤道："老哥自爱兄弟的本领，不是喜欢兄弟这个人，说到兄弟这个人，耳目口鼻，一切与寻常人无异，有什么可爱？便是兄弟这一点儿本领，在大哥面前显出来，大哥只配爱惜兄弟还有这一点儿本领，其实大哥的本领比兄弟高，兄弟的本领哪里还当褚大哥说一个好字？"

褚震远听他话中有刺，分外堆出满面的笑容来，又向汪铎、郭凤二人说出许多惭愧的话。

当日退回静室，心里总觉汪铎、郭凤二人的功夫各有各的长处，也就各有各的短处，若使和自己比较起来，两个人未必敌得过自己一个，只可惜那个身怀绝技的吴禄堂反而吃他走得去了，不见天下好本领人甚多，原不止吴禄堂一个，强中更有强中手，吴禄堂的本领未必就得打尽天下无敌手了。便有吴禄堂随我押解彩礼到湖南去，一路上尚保不住没有风险，何况吴禄堂已经高飞远走呢？我早知这一笔生意红头虽好，越好却越有些辣手。想到其间，不由又有些心虚胆怯起来。

看官要明白，走江湖会把式的人物，如果他的阅历未深、本领不济，在势没有真本领人前来和他计较，越使他目空一世，看轻天下没有真本领人；若是本领高强、交游宽广的人，他的声名越远，事业越干得大，却越怕有人转他的念头。

褚震远的本领，在新红眼中看来，实在觉得不容易对付他，把对方人看得极重，把自己看得极轻，不凭一己的血气之勇，专凭以巧取胜，这是新红的实在本领。褚震远虽有一身的好本领，却仍以天下好本领人很多，终觉自己的本领不济，不敢把行险侥幸的事看得轻松，这也是褚震远一种实在本领。

褚震远自接受和相国这一个押解彩礼的要责，终日只是闷咄咄的,眼看三月二十八日这一天的期限快要到了,褚震远虽勉强放大着胆量,究竟不能保定这件事能做得十拿九稳。

这晚,褚震远兀自在寝室看刀。这刀名为秋泓分水刀,是褚震远的家传宝刀,据说这把刀是褚震远的父亲用三百钱在一个小偷手里买来的。这刀宽有三寸,长有二尺,刀柄极厚,刀锋极薄,是在炉冶中百炼而成,抽刀断水水不流,杀人见血血不飞。褚震远在这把刀上也不知发过多少利市。后来褚震远防备这把刀再被什么小偷偷去,真个刀不离身,身不离刀。那刀柄又用白金裹成,上面镶着"褚震远"三个蝇头小字。

今夜褚震远因一时心里烦闷起来,抽出宝刀,放在案上一看,只觉秋水侵人,寒风起栗,不防听得门外有脚步的声响,褚震远按刀而立。接着听得呀的一声响,房门开了,褚震远一看,却是自己的徒弟走了进来,方才镇定了心神。

那徒弟向褚震远请了一个安说:"外面有一个卖解的女子,年纪约在二十以外,也是北方的人,有要紧事求见师父。"说着,即掏出一张大红名片来,递到褚震远手里。

褚震远在灯光下，看那新鲜夺目的大红名片上面没有一个字迹，不由惊讶道："谁呀？"

接着又向那徒弟说："你拿着这名片进来，你可看看这上面有没有字迹？"

那徒弟道："徒弟何尝没有看见这名片上没有字迹，只是那卖艺的女子说：'我这名片上，向来不曾写过名字，你师父见我这张没有名字的名片，自然会明白是我。'"

褚震远听到这里，忽然想起来了，便吩咐那徒弟道："你快去对那卖艺的女子说，就说敝家师现不在镖局里，姑娘有什么话，不妨待敝家师回来再请教吧。"

那徒弟道："不行不行，她已打听师父现在这里，如何受徒弟的支使？"

褚震远叹道："也罢，她既到我这里来了，躲避她终不是躲避的事，快给我一同前去，好迎接你师叔的大驾。"

那徒弟道："她是一个卖艺的女子，师父怎说是徒弟的师叔呢？"

褚震远道："这话我怎能明白告诉了你？"

说罢，便匆匆地整了整衣服，吩咐那徒弟从墙壁上取下一个灯笼，点了一支蜡烛插在里面，师徒两人先后跨过了房门。刚走得几步，忽地吹过一阵风来，把那灯笼里的蜡烛吹得熄了。

褚震远便抽过身来。那徒弟道："大厅上现点着灯，就到那里点好蜡烛，师父回房去干什么呢？"

褚震远道："痴小子，你师叔已到我房里了。"

那徒弟还未深信，便随他师父同到房中。果见那卖艺的女子坐在床上，向着他师父憨憨地笑说："师兄你好！师父并没有把我推出门墙之外，师兄大不了做一个镖局里的镖师，便像侯门海样般深，连见也不肯见一见我。"

褚震远对着他赔笑说道："师弟是哪里话来？请你在我房里平一平气，我且向师弟赔个不是。"

那卖艺的女子笑道："在先师兄不肯会我，我偏要来会一会师兄。现在师兄请我在这房里平一平气，我们自家师兄弟，有什么气恼？但我这时偏不坐师兄房里。"一面说，一面即闪出房门。

褚震远急推开窗门，闪闪烁烁的星光下面，有一条黑影，在对面屋瓦上一闪，随即听得他师弟的声音呼了一声："师兄！"

褚震远不由在窗内叫道："请师弟快下来好说话。"

那卖艺的女子答道："师兄还有什么话说没有？我且站在这里等候。"

褚震远道："请下来再坐一会儿吧，我们多年不见的师兄弟，难得相逢，有话好慢慢地讲。"

那卖艺的女子回道："实在对不起师兄，没工夫和师兄多谈，我新红到师兄这里来，想请师兄看师兄弟的情分上面，让我一条道理，叫我好在江湖上走走。"

褚震远听新红说出这一句话来，略停了一停，说："师弟，我们各做各的事，靠山吃山，靠水吃水，师弟肯在我局子里帮忙，我们师兄弟有什么话不好通融？师弟大略不知我的苦情，硬要我让你一条什么道理？"

话才说完，即听新红随声打了一个哈哈，早已鸡犬不惊，如飞而去。

褚震远终看在师兄弟情分上面，不愿去追逼他，在那里愣了一会儿，总觉新红来得稀奇、去得古怪。

忽听那个徒弟在背后问道："师父的宝刀，可佩在身边没有？"

褚震远陡听得这句话，好似在睡梦中惊醒过来的一般，忙从腰间一摸，只剩一个刀鞘。回头向桌案一看，褚震远不由叫一声苦，原来一把宝刀已没有了。心里早估量是新红前来盗去了这把宝刀，很诧异地向那徒弟说了。那徒弟准备要去通知汪铎、郭凤二人，大家好做计较。

褚震远摇头道："贼来不防，贼去送行，不要惹得你新师叔在暗里发笑。我但愿在这一两天内，不出什么大乱子罢了。"

褚震远说这话的意思，他早知新红是个大盗，却不防一个师弟，竟会偷起师兄的东西来，大略新红早探听得相国府里这价值一百多万的彩礼由我们震记镖局押往湖南，他们做强盗的，吃的是哪里饭，用的是哪里钱。但押解着一二万的饷银，他们因为这银两太笨重、太费手脚，所以连眼皮抬也不抬。如今要押解这价值一百多万的彩礼，怎怪他见了眼红呢？他和我虽是同门的师兄弟，他做强盗，我押镖车，气味上和我大不相同,他想发这一注横财,对我毫没有师兄弟交情可讲,他若不先令我的徒弟前来通报,就暗暗盗去我这把刀,却拿我的刀去栽我一个跟斗,哪有这样容易的事?

我这把刀向来是身不离刀、刀不离身,想在今夜抽出来看时,他早在暗中探听过了。方才我在看刀的时候,曾听得一阵脚步的声音,我就觉得很奇怪,后来见我这徒弟推开门来,我才毫无疑惑,哪里明白他在这时候,已闪到房门外面,又吹灭我灯笼里的蜡烛,无怪我徒弟说他已打探我在镖局里的话来。他来盗我这一把刀,表面上并不算瞒我,却使我偏想不着他前来是专盗我这把刀的。直待他走去多时,不是我徒弟将我一句提醒,我哪里明白这把刀已被他盗劫去呢?他的机变,实在令人不可测度,做强盗手段真够。

他盗了我这把刀,别的不关紧要,只是那刀柄上镶着"褚震远"三个蝇头小字,他用我这把刀,在京城里做出盗命案件,临行的时候,就得将这把刀遗留下来,就这么容容易易地把个强盗杀人的罪名硬栽在我的身上,任凭我一个人有千百张口,千百张口各有千百个莲花妙舌,要分辩却如何分辩得来?

本来他和我没有海样的深仇,不过因为押解相国府里这么贵重的彩礼,累得他看了眼红,他在一路之上,就因我的本领敌得过他,却又探听北京各大镖局里镖师,不但没有人及得上我的本领,其实都是些酒囊饭桶,哪里再有人是他的对手呢?他想用这把刀陷害我,同我没有师兄弟情分可讲,在这一两天内,北京的地方定然要发生强盗杀人的案件,移到我身上来;若不想用这把刀陷害我,还同我看在当初师兄弟情分上,他就不必做出什么强盗杀人的案件,不过想借用这把刀吓一吓我。吓不退我,在他并不损失什么;吓得退我,他的脸子也显了,财也发了。世间再精灵再险诈的强盗,除了他也没有了。

褚震远在心里盘算了多时,吩咐那徒弟不用声张,事到临头,也自有一个计较。那徒弟答应一声去了。

接连过了几日,北京城里并没有发生什么案件。

到了三月二十八日这一天,褚震远便领了相国府里的彩礼,二公子由坐船到湖南去,褚震远把这一笔彩礼分成三辆:第一辆所载的花粉缎匹,由汪铎领了五名伙计在前押解；第二辆所载的金珠等物，由郭凤领了五名伙计在中间押解；第三辆所载都是珊瑚玛瑙贵重珍品，由褚震远亲自押解。这三辆镖车走得不前不后，出了北京，一路向湖南押解而来。

和珅也拨三个会把式的家将，帮同褚震远保护，出了直隶地界，才回京复命。

车辆行到河南开封镇上，自有河南省府州县的官员，一路分差兵勇妥为保护。以后见没有什么风险，那些兵勇也就回去销差。

这日，刚行到周家口地方，在一个客店里住歇，褚震远把押解的车辆放在自己房里，同汪铎、郭凤二人轮流监守，那相国府里三个家将也另在一房安歇。到了次日天明，褚震远因为那三个家将直睡得这时候还未起身，便吩咐一个伙计将那三个家将请来，好一同赶路到湖南去。

那伙计去了一会儿，忽然慌慌张张地跑来叫道："不……不……不好了！"

褚震远一听这话，不由大吃一惊，忽地听得霹雳也似的一声炮响，就像哪里反了兵马杀来的一般。

正是：

谁道此行无阻滞,顿叫平地便生风。

欲知后事如何,且看下回分解。

评曰:

越是本领大的人,责任越重,行止越不能自由,无本领人处于乱世,却可以自免。本领高到什么程度,其心思身体也苦到什么程度,往者持此论以衡鉴古今人物,观于褚震远而益信。

写新红盗刀事,如此来又如此去,异常离奇,异常精警。新红的举动固然令人不可捉摸,而此回写新红处,亦非如其他小说,开口便见喉咙,即褚震远之精测,盖犹浅之乎视新红也。盗中有此人物,何地无才?

# 第十二回

## 造冤狱英雄陷英雄
## 劫囚车强盗赚强盗

话说褚震远听得凭空地响了一声大炮,只不知外面出了什么乱子,又听那徒弟报说了一声不好,也不暇问及他报说什么不好,接着急听得那厮喊的声音沸沸扬扬,像似有无数兵马杀来的样子。

褚震远和汪铎、郭凤二人都是竖目而视、侧耳而听,并吩咐那徒弟不用声张。却见有一个人带着十来个兵勇,蜂一般拥进来,一个个提着刀枪棍棒,像似如临大敌的样子。

褚震远、汪铎、郭凤三人都不由吓得魂飞天外,原来为首的那人,不是别个,正是吴禄堂,心里实在猜不着是什么用意。

褚震远便向吴禄堂问道："吴兄到这里来有何贵干？"

吴禄堂只向他一笑，那些兵勇都横眉怒目地喝道："你这厮好大胆，怎行刺老相爷来？这厮要吞吃相爷的彩礼，倒也罢了，你与相爷究有什么仇怨，胆敢在十日以前，半夜三更，到相国府里行刺？不是新来这位吴教师，我们老相爷早已吃你这厮的苦头了。"说着，便一拥而上，想将褚震远锁起来。

吴禄堂忙摆着手，向褚震远道："你还问我是来干什么的，你到相国府里行刺，我虽没有见到是你，但我从前在你震记镖局里住有一个多月，知道你这东西不是个正经相。后来我刚投到相国府里，在老相爷面前显出我的能耐来，蒙老相爷提拔我，想不到有我在老相爷那里，你还敢前去行刺，老相爷有甚委屈了你们这班形同反叛的刺客？我也懒得向你们讲客气了，在你们的意思是怎样？"

褚震远听完这话，才想到是新红干的把戏。事情已糟透了，如果尽来了几百兵勇，把客店的前门后户都包围定了，自家却不把他们放在眼里，只是不在北京再吃这碗把式饭，性命是没有逃不了的。无如这吴禄堂已投到和相国那里当教师了，这回他领命前来捉我，我们若和他抵抗，他的本领大得很，免不了要吃他眼前亏。我没有到相国府行刺是实，自有相国府的三个家将替我做证，须知我押解礼物，并没有分身术投到相国府里行刺，这案件或者也有一个水落石出。

想到其间，早向汪铎、郭凤二人飞了一个眼色，意思是禁止他们胡闹，便从容向吴禄堂说道："相国府里既发生了什么刺客，可有人见我褚震远前去行刺吗？"

吴禄堂道："我没有见你前去行刺，你不要和我抢白，你那一把秋泓分水刀，是假不来的。你是一个好汉，就得值价些，你有话尽可回京对老相爷抢白，你要知拒捕的罪更加一等。我是奉相爷所差，出于不得已，并不是和你有仇。"一面说，一面便在褚震远、汪铎、郭凤三人的尾脊骨上先后各点了一下。

褚震远三人登时都觉得全身麻木，腰也不能伸缩，四肢也不能动弹，口也不能张合，全身抖个不住，同发了疟疾差不多。心里却还明白，两耳能听，两目能视，口里不能说话。

吴禄堂便向那十来个兵勇说道："这厮们若不用点穴的功夫点住他，哪有什么铜锁铁链子来锁他呢？"

众兵勇都佩服吴禄堂这一手的能耐，心里好生纳罕，便七手八脚地又把褚震远的一班伙计们捆了。吴禄堂便将北京广记镖局里的镖师许广泰招呼前来，令他带领十来个徒弟，押解彩礼到湖南去。

原来这许广泰在北京开设多年的镖局，很妒忌震记镖局的营业兴旺，这回听得褚震远到相国府里行刺，这一喜真是喜从天降，便百计钻营，好容易得了这个差使，随着兵勇一齐前来，打开镖车，照单点过了珠宝等物，向褚震远面前故意做出那种嘻天哈地的样子，好像褚震远回到北京，立刻便要正了国法似的。

褚震远见许广泰这个模样儿，心里只气得痒痒的。

许广泰便问相府里的家将到哪里去了，及听褚震远那个徒弟说："早间听主人的吩咐，去请相府里三位爷爷起来，到他们房外叫了一会儿，只听不见一些声响，把头伸向壁板上一个小小窟窿里窥探，谁知三位爷爷都杀死在床上，那三颗人头却也滚在一边。这一吓真是非同小可，连忙来报知家主人，想不到老爷们前来捉获我们，便把这话缩住了，一半没有说得出口。"

许广泰点一点头。

这里吴禄堂分拨几个兵勇，帮同许广泰押解彩礼到湖南去，且按下不表。

再说吴禄堂当指着褚震远说道："哈哈！你不想到老相爷那里狡赖吗？相国府里三个家将不是你前去杀了他们灭口，他们是被谁人杀死了呢？"

褚震远和汪铎、郭凤三人听完这话，心里不由转吓了一跳，暗暗骂着新红："你的计较太刻毒了，这三个不是你前来刺死他们，更有谁呢？"

当时这个客店里外都包围着许多的兵勇，约有二百人。吴禄堂一面将三个家将的尸首着令数十兵勇先解到北京，自己便将褚震远三人及一众伙计打入囚车，带领那些兵勇向北京进发，一日间约行有一百里路。如此行了五日，这夜月光遍野，百步见人，众兵勇因贪着夜凉，连夜向北京进发。

吴禄堂却押解褚震远的三辆囚车在后行着，刚从一座树林下经过，吴禄堂便吩咐停车，取出干粮来，给众兵勇一一吃过。又令三个兵勇哺着褚震远、汪铎、郭凤三人，略进一些干粮。

因他们三人在囚车里闷得面黄形瘦，吴禄堂说："须将他们拖出囚车，放一放风，好送他们到相国府里宰杀。"

众兵勇都齐声说："好！"

因为他们都被吴禄堂用点穴的功夫点得周身像上了千百件刑具一般，不怕吃他们跑掉了，遂将他们拖出囚车，拖到树林下放风。

褚震远忽地见吴禄堂向前蹿得几步，喝问道："林子里是什么朋友藏在那里？是好汉请出来会一会不妨……"

话犹未毕，果从林子里跳出一个女子来。褚震远在星光下看得明白，那女子不是别个，他也有个卵子，正是女衣盗新红。

单见新红指着吴禄堂说道："你想是相国府里的解差，解着他们的了。相国府的案件，不是他们干下来的，干他们甚事？他们犯的什么罪，你带他们向哪里行动？"

新红说这几句的时候，众兵勇早呐一声："捉人！"

吴禄堂喝住了那些兵勇，说："江湖上的规矩，好汉杀人，也只是一个杀一个，有我在这里，哪用得着你们动手讨死？"

众兵勇听他的话，转吓得不敢近前。

吴禄堂便向新红喝道："拆烂污的女囚，你想干什么？须吃我一刀，砍将过来，你这女囚才知道我的厉害。"

那新红也不由哈哈大笑，便也拨动单刀，向吴禄堂杀来。

两人走了几个照面，忽然吴禄堂故意跳出圈子说道："好厉害的家伙，刀孙女要逼死我这个刀祖宗了。"一面说，一面早运展飞腾的功夫，两足一蹬，身体登高，如同平地升天的样子，电一般地向南飞去。

众兵勇早听得吴禄堂在和相国府里曾显出绝大的本领来，于今又见吴禄堂可算真能飞得起的好汉，尚且遇到这个杀人不眨眼的女子甘拜下风，我们有几个头、几条膊臂，羊不同虎斗，休论一二百人，哪怕就成千上万，若冒昧和这女子厮杀起来，还不是白白地枉送了性命？

众兵勇想到这里，不但不敢冒昧和新红抵抗，连行刺老相爷的嫌疑犯褚震远，也就不问他是死是活，打了一个暗号,各自逃跑。跑迟了几步,不是被新红削去了一个脑袋,就砍断了一只膀子。便是褚震远也想不到新红这回前来,居然会杀败了吴禄堂。当在师门分手的时候,他的功夫比我还比不上,哪里会学得这么大的本领?褚震远心里只打算新红近二年来又得名师的指授,所以他的本领还比吴禄堂高强。

褚震远是这么地估量着,谁知事实上却又不然。究竟是怎样一回的事实呢?后文自有一个交代。

新红见众兵勇都已溜之大吉,却不怕他们再跑来懊恼,新红便前来抓着褚震远的顶心发向上一提,只听得骨节响了几响,褚震远登时身体便逐渐恢复了自由。无如四肢百骸酸麻过久,一时何能恢复到平时一样呢?舌根上也觉还有一些强硬。新红又照着解救褚震远的法子,先后解救了汪铎、郭凤二人。

汪铎、郭凤都跪在地下,给新红叩头,说:"姑娘才算是真有本领的人呢!我……我……我们不但感谢姑娘的救命之恩,并且佩服姑娘这一手好本领。我们若是女人,情愿为奴为婢,侍姑娘一辈子。哎呀呀,褚大哥的性命也是这位姑娘救下来的,褚大哥不向这位姑娘叩头,为什么反流泪哭起来了?"

褚震远直不答他们，看新红再在那十来辆囚车里面把一众的伙计放出来，说："你们也不要再到北京去吃那一碗把式饭，我这里各赏你们五十两蒜条金，你们有这点儿金子，不愁混不到一碗饭吃，何必再往向北京去干什么呢？"

众伙计都连声应是。

新红便取出一大包蒜条金来，一一分赏他们自去，便前来向褚震远说道："师兄不必流泪，我们赶快逃走要紧。"

褚震远道："我的老母尚在北京，你将我的事坏到这个样子，我随你逃到哪里去？"

新红道："这里不是谈话的所在，师兄要见伯母，伯母已不在北京，我立刻便领师兄去见伯母，好吗？"

褚震远道："我这时身体上已完全恢复了自由，大略还会飞得起，就恐怕不及平时飞得那么快。我母亲现在哪里？请你负着这位汪大哥，我负着这位郭大哥，同去见一见我的母亲吧！"

新红点点头，汪铎、郭凤略向褚震远探问一番，才知新红并不是一个女子。他们也没这闲工夫向新红絮聒不休，当由新红负着汪铎，在先引着，褚震远负着郭凤，在后随着，一路向西南飞去。

刚飞落在一座山头之上，早有喽啰们见他们来了，便到里面通知，将他们请到聚义厅上。

褚震远问："这山唤作什么山？我的老母现在哪里？"

新红道："这山唤作娄山，我有几句话要问师兄，师兄有七十多岁的老母，是应该朝夕侍奉的，师兄到我这里，只愿见老伯母呢，还有别的原因要和兄弟说话呢？"

褚震远道："我已上了你的当，杀我是你，救我也是你，我们总算是自家师兄弟，有什么不能原谅？就是有话问你，也该见过我母亲再说。"

新红道："既如此，我们且不用吃饭，你随我到里面去瞧瞧。"说着，便挽着褚震远的手，同走到后房外。

里面尚有灯光，那房门是虚掩着，新红叫了一声："老伯母！"

里面便有人答应着："请进来。"

新红随手推开房门，带笑向褚震远说道："师兄，你瞧这是谁？"

褚震远向内一看，不由喜得眼泪鼻涕都出来了。原来是自己的母亲，同一个五十来岁老妈子，正从床上拗起来。

褚震远便抢入房内，向他母亲叩头问道："娘是怎样到这里来的？"

他母亲见了褚震远，即生气道："你这逆子，还问我怎么到这里来的吗？你瞒着我在奸相府里做看财奴，坏尽你祖宗清白名誉，与其给奸相做看财奴，竟不若爽爽快快地做个强盗。后来我知你瞒着我，做出这种无法的事，气得我要吸下你这一块肉，幸亏你的师弟把我负到这里来，说你不久要到山上入伙，永不给奸相做看财奴了，我听了很欢喜。昨晚你师弟又对我说，你在今夜要到山上来了，我同这位大妈直等到这时候，才见你前来。我只有一句话吩咐你，你心里还有我个老娘，就得在这里做个侠盗，一般也可替地方上人除奸造福；你若仍回到北京去，在奸相府里走动，我也不要这一条老命了。"

这一节话，吓得褚震远连连叩头道："娘今天责备儿子，委实是儿子的不是。儿子谨听娘的吩咐，绝不敢违拗一句，求娘宽心原谅。"说着，便站起身来，回头却不见了新红。

正是：

高堂有母发垂白，同调无人眼尚青。

欲知后事如何，且看下回分解。

评曰：

吴禄堂之逮捕褚震远也，写得极离奇亦极紧凑；新红之诈胜吴禄堂也，写得极恍惚亦极玲珑。而诸般人物出场，竟似扮演戏一样，神情语气俱妙到毫巅，亏书中人能做得出，亏作者能写得出。

家将之被杀，当时匆忙中未经道破，嗣后却着意写来，妙在隔年下种，文笔预有根脉，非专以渲染热闹见长也。

飞行功是当代的绝技，今世能此者恐无其人矣，匪特无其人，且并疑当代无其事，以今人之眼而观古人，大率类是，夫安得起古人于九泉，而与之一论飞行功哉？

第十三回

野庙遇奇人皂衣草履
风尘识剑侠屈节卑躬

褚震远回头不见了新红,便向他母亲笑道:"娘请在这里安歇吧,儿子去寻着新师弟,有一句要紧话要问一问他,请娘一切放心是了。"说着,便走出房来。

刚走得几步,迎面遇到一个小喽啰,褚震远便问:"新爷到哪里去了?"

小喽啰道:"可是那自称是山东田老爷的好友新爷吗?他现到聚义厅上,陪着汪、郭及众英雄谈话呢!褚爷可知道,我们山上铁寨主,同孙爷、朱仙长三人,带了一位姓吴的教师,一同到聚义厅上会齐了。"

褚震远听说有个姓吴的教师到来，心里暗暗诧异，即走到聚义厅上一看，一张红漆台子，四面围坐着五个大头脑，内中也有新红。坐在新红上首的，一个年纪在三十上下瘦汉子，脸上瘦得脱了一个形，两个电也似的眼珠从眼眶中凸了出来，可不是吴禄堂是谁？

当下吴禄堂一眼看见褚震远来了，早起身向他抱拳说道："日前兄弟无礼，得罪了褚大哥，大哥想也受些惊恐。"

新红也赔笑相迎，孙虎胆、铁铁、朱空元三人也都起身说道："大哥腹中想也有些饥饿了，请坐下来吃一杯喜酒。"

褚震远这时心里有许多的话，匆忙间不知要问哪一个人，且不知从哪一句问起才好，也就随缘入席坐定。喽啰便大开筵宴，厅下吹弹欢笑，真像做喜事的样子。

酒过三巡，新红道："兄弟很对不起师兄，但兄弟要起不良的念头，陷害师兄的性命，兄弟却不是这样的凉血。兄弟到和相府里行刺不成，却没有露出兄弟本来的面目，留刀嫁祸师兄，以及暗杀相国的家将三名，这些案件，完全是兄弟干下来的。兄弟当日到师兄镖局里盗刀的意思，原知道师兄在北京一班镖局里面，要算第一个有眼力、有本领的人，这回替奸相府押解彩礼，原出于不得已，很有意劝师兄不吃这碗受人驱用的饭，兄弟欲师兄想起盗刀以后的祸患来，便远走高飞，带着老伯母出北京去，这笔生意好让给别人押解，使兄弟们在半路上得劫去这价值一百万的珠宝贵物。兄弟料想那时师兄没有话回我，已是心心相印，用不着多说了，谁知师兄硬要在北京撑持局面，想发做官人家的赏红。我兄弟既在风尘中结识了这位吴大哥，知道他的本领还比师兄高强，但我们想剿劫这一趟镖车，岂可在师兄手里夺得回来，将师兄的半世英名丧尽？师兄的局面固然要紧，做强盗的人也不是一文不值的。托师兄的福，我们这一笔大买卖已做到手了。今夜兄弟敢请师兄入伙，吃这一杯喜酒。"

说至此，又向褚震远滔滔说了一大篇。

褚震远方才恍然明白，他的本领，本不肯干这没本钱的买卖，到了这时候，哪里容他有什么推诿，也就连声应诺。

忽然新红向一个小喽啰努嘴道:"把那东西拿来!"

小喽啰应了声是,即在隔壁房里取出一把宝刀来。新红把刀向褚震远一掷,说:"这不是师兄的秋泓分水刀吗?特地取来还给师兄的。"

褚震远道:"看他们做强盗的,有这样惊人的手段,万一揭竿倡乱起来,世界上还有安宁的日子吗?"

新红哈哈笑道:"我兄弟若没有一些手段,全仗着匹夫之勇,也不能做出这种惊天动地的案子了。但我兄弟绝不肯对师兄有丝毫不良的念头,师兄的镖车未动身出北京去,师兄叫兄弟到奸相府里行刺,兄弟绝不肯拖累师兄。镖车押在师兄手里,师兄便叫兄弟动手,兄弟也绝不肯冒昧动手的。这意思师兄还没有听明白吗?"

褚震远也不由哑然一笑。

这里新红又给褚震远和孙虎胆、铁铁、朱空元这三个头脑一一都通了名姓,大家欢呼畅饮,快乐得了不得。作书人不妨趁这时候,将新红当日这几种惊人的案件,详细地写了出来,免使读者诸君批评作书人在这地方出了漏洞。

原来新红那夜由娄山动身到北京来，天还没有明亮，就在离北京六十里一个村镇地方，想投到一个荒庙里宿歇。那庙门是虚掩着没有关闭，新红推开庙门，恰没有见到一个道士，匆匆向大殿上走去，看殿上塑着老君、文昌、武帝三圣神像。有一个中年道士，皂衣草履，跪在神像面前，宣诵经典，中间悬着一盏琉璃灯，照彻得十分光明。

那道士忽地觉得背后有脚步声响，起身一看，不由吓得浑身直抖起来。

新红看那道士好生面熟，说："你不是熊捕头吗？世间有强盗怕捕头的，于今捕头反怕起强盗来了。"

熊捕头熊克明又抖着回道："我姓熊的自信没有得罪田大老爷，记得田大老爷在淮安、扬州地方，做出那些神出鬼没的案件出来，我姓熊的终觉你做的那种案件太离奇、太恍惚了，恐怕你是个神仙。自从全家出狱以后，还怕淮安府里再发生什么大案，官里又要着落在我这两条腿上要人，在府里请了一个长假，携带家小远走高飞，投到这里出家，做了道士。一路上打探田大老爷是个绿林中的好汉，早已在山东犯案砍了头,哪里又有什么田大老爷到我们淮安、扬州去作案呢?我早知你田大老爷在世是个好汉,死去也做一个鬼雄,所以英灵不泯,又干出那么离奇的案件出来。我今夜又见你的灵魂,叫我如何不怕?"

新红听了一笑,忽地想到田士杰当初殉烈的事情,又不禁洒下几点英雄泪来,便向熊克明回道:"我并不是山东的田士杰,却是他的好友,我姓新,单名就叫一个红字。我因田士杰这个朋友,就这么容容易易地死了,真是死去一猫一犬般,想起来不禁替他扼腕,所以到处作案,都留下田大老爷的声名来。而且我在淮安、扬州作案的时候,那是我有意同你刁难,你并没有得罪了我。当时存着争强好胜的念头,故意在你这个有名捕头面前显出自己的能耐来。但在树林中遇见了我,如果虚心下气地求我让你一脚,却也罢了,你越是拿出有名捕头的气派来,我越要翻一个跟斗给你看,使你知道江湖上天有多高、地有多厚。及至事过兴阑,回想到那时的情形,却觉得也有些对不起你。"

熊克明听完这一篇话,才恢复了平时的呼吸,忙挽着新红的手说道:"当初你我立在敌人的地位,做捕头的要拿强盗，做强盗的要算计捕头，谁也不能说是谁的不是。于今我吃的是自己饭，又不吃公家饭，不做捕头，你也不必再在我面前显出什么能耐来，就何妨做个朋友？"

新红听了，向四面望了望，便接着熊克明的话说道："熊大哥真够做朋友，我有一句话要问大哥，你是个做捕头的，当初可曾做过强盗？"

熊克明笑道："捕头都是强盗做的，没有做过一番强盗，怎会懂得拿获强盗的门槛，去充当捕头呢？不瞒新兄说，我在小时候也做过两年的响马。"

新红道："说一句不要见气的话，你们当捕头的，动不动受那赃官污吏的鸟气，凭着一身的本领，反受没本领人使用，又何如无拘无束，不受没本领人使用，专使用没本领人的钱财，归本还原仍去做一个强盗？"

熊克明道："我已顶礼三圣，戒不杀生，捕头也不做，强盗也不做了。"

新红陡听他这几句话，知道他迷信的观念太深，也不向他再说废话。

熊克明便向新红问道："新兄今夜没有睡觉吗？

我这里空闲的房榻甚多，不妨委屈一些，我领你到一处卧房里安歇了吧！"

新红估量他并无半点儿加害的意思，随着他走入一间客房里面。这房里的陈设虽不精致，倒觉得清洁得很。熊克明等待新红卸去了外衣，便走出房外去了。

新红一觉醒来，已是天光明亮，连忙穿好衣服，也不向熊克明告辞，径自跨出庙门，不防猛地滑了跤。新红立起身来，看见一个瘦子蜷睡在庙门口，新红刚从他身上跨过来，不知怎么似的，却滑了这一跤，只顾目不转睛向那瘦子打量着。

那瘦子也起身向新红问道："你走路不带眼睛吗？什么地方不好走，偏要从我身上跨过来？"

新红自己也觉自己匆忙，不当打从他身上跨过来，应当向他道歉一声才是道理，无奈这瘦子说出那几句话的神气之间，来得十分严厉，如同教训小孩子一般，又见他翻起骨碌碌的两个眼珠，那眼珠上电光闪烁，不是寻常人没有本领的样子，也不用向他再说什么，仍匆匆地向前跑去。

但听得那瘦子仰天打个哈哈笑道："你以为这么

一走便能了事吗？大不了做个强盗，可知我的本领比你这强盗还厉害呢！"

新红只不理他，仍一口气向前走去，觉得身后没有脚步的声响，便在一座树林外歇下，忽耳边又听得有人打了个哈哈。

新红回头一看，不禁惊诧不小，原来那瘦子已兴致勃勃地立在新红身边，只望着他大笑道："我说不是一走便能了事的，我已赶到这里来了，值价些，你自己应当怎么样？"

新红道："我识得你是个好汉也就罢了，你何苦来逼人太甚？"

那瘦子又笑道："如果你不识我是个好汉，我不识你是个好汉子，休说你是在我身上跨过来，便扫我一记耳光，那倒没有相干。但你既识得我，我也识得你，岂肯随便放你跑掉？"

新红又暗暗一想：我早间在他身上却滑了一跤，这一跤滑得很是奇怪，我走路的时间走得飞起来，便一脚踏在西瓜皮上，我有本事，也不致一跤滑倒。至今细想起来，这瘦子的能耐在我之上，恶冤家相逢窄路，准许要同我不得开交，先下手为强，后下手遭殃。

心里这么一想,便悄悄闪到那瘦子的背后,一个顺手牵羊,抓住了他的辫发,向空中一提。那瘦子却是行若无事的,仍然哈哈大笑。论理,会把式人最怕这一个顺手牵羊的手势,将辫发提在空中,四肢身体没有着力的地方,不拘有多大的气力都使不出。谁知这瘦子是练的先天之力,不是后天之力。怎么谓之后天之力?后天之力,必借着物力,然后才有力;先天之力,却纯是自己的活力。

新红把那瘦子的辫发提得起来,登时觉得那一根根头发同一根根钢针相似,又像含有吸力的一般,要摔脱也不能摔脱开来,转觉得浑身有些软洋洋的,那瘦子的辫发简直又像《封神传》什么法宝似的。

接着又听那瘦子哈哈大笑了两声,笑里都含着不怒而威的神气,开口说道:"照你这种样子,配在我面前显出这一手的能耐吗?真似豆腐进厨房——不是用刀的菜。"

新红听瘦子这类的腔调,他从来心硬,到了这种关头,也不禁疲软下来,不由向那瘦子软语说道:"我在绿林中跑了多年,却冤枉生这一副眼睛,全不认识英雄，竟敢当面无礼。我不吃这一回苦头，看我下次还要得罪了天下的英雄呢！"

那瘦子听他这话，便从空中直落下来。说也奇怪，那瘦子落下来的时候，新红早觉得周身的气力完全恢复，那只手竟同瘦子的辫发自由自性地分脱开来。

那瘦子转现出和蔼的笑容来，说："在先我被你在我身上一脚跨过来的时候，我看你是左脚在前、右脚在后，便认出你不是个女流之辈。然既不是个女流之辈，江湖上乔装改扮的人甚多，有扮作乞丐的，有扮作医卜星相三教九流人物的，有女人扮作男人的，从没有见过一个男人扮作一个女子的，像你这样行径，一落到我的眼睛里，便猜出你是个江洋大盗。你说曾在绿林中跑了多年，大略认得的人倒也不少，你是认得哪几个呢？"

新红随口便说出几个人来，内中也有田士杰一个，新红说是他的好友。

那瘦子笑道："除去这几个人，你还知道谁呢？"

新红在那里想着。那瘦子看他这种光景，不由一阵心酸，洒下几点泪来。

正是：

　　胸中无限英雄泪，洒向西风泣不平。

欲知后事如何，下回自有分解。

评曰：

　　熊捕头自扬州一别，阅者渴望其人久矣，不图于此回出现。十年名捕，遁迹空山，彼岂不知新红之非为私利也，而必云尔尔者，殆亦闻雷失箸之故智欤？

　　作小说无定法，世事也无定法，新红之见熊捕头也，意欲拉熊捕头做帮手，而貌合神离，文笔已极善变化。迨至遇吴禄堂，不意英雄出自风尘，而貌离神合，情节愈见矜奇，作者胸有成竹，宜其着墨时气吞全牛。

第十四回

## 许广泰暗陷褚教师
## 吴禄堂计赚和相国

话说新红见那瘦子倏地流出满面的泪珠来，正猜不着是什么缘故，那瘦子拭泪问道："你既是田士杰的好友，田士杰的朋友原不止你一个，但是做那没本钱的买卖，除了你，也只有一个。你是几时相交田士杰的，怎么我不明白田士杰还有你这个朋友？"

新红听他说完这话，忽然想起来了，说："老兄，你不是吴……我是田士杰一个小友，田士杰在临难的近二年来，我才结识田士杰这个朋友。

"田士杰常对我说：'生平最相契的朋友也只有两个人，二年后交结了你，二年前曾交结了一个吴禄

堂，其余都是些没有血性、没有肝胆的人。哪怕他的本领再好些，手段再高些，却够不上做我的朋友。'

"我当时曾问吴兄做什么买卖，田士杰道：'他做的买卖，同你我是一样的，可惜他近来不大到我这里来，你又没有和他会过，我却很愿拉拢你们也做一个朋友。'

"田士杰这句话，至今细想起来，犹嵌在我的心坎儿里。老兄，你不是吴禄堂还是哪个？"

那瘦子方才破涕笑道："好朋友，你也知道绿林中有个吴禄堂吗？只我便是。请问朋友姓什么？叫什么名字？到这地方来有什么贵干？"

新红再向四面望了望，瞧没有行人的踪迹，便将自己的履历，以及这回到北京的意思，一五一十地向吴禄堂说了。

吴禄堂忽然拉住新红的臂膊，勃然怒道："你这厮好大胆，居然要剽劫相国府的彩礼起来。我姓吴的在北京当了一个教头，专踩缉你们这班江洋大盗，不要走，快随我到刑部大堂上去。"

新红道："吴兄休要见笑，北京一班当教头的，能有吴兄这一身的本领，我们还敢到这地界一步吗？

像吴兄这样肝胆、这样本领的人，肯在北京当教头，那么江湖上还有什么侠盗呢？"

吴禄堂笑了一笑说："我现在到北京来，住在震记镖局里一个多月，就因打探奸相府里这份彩礼是由哪一家镖局押解到湖南去。及至知道由贵师兄押解，我在贵师兄那里显出一点儿能耐，假托其词地出了震记镖局，难得在这里遇见了新兄。我很愿帮新兄的忙，大家想个法子，劫了这份彩礼，顺便拉贵师兄一同入伙，显得我们做强盗的，不但不怕奸相的热焰熏天，反在那奸相面前翻一个跟斗，好吐去胸中这一口不平的气。"

新红听他这话，不由笑道："怎么吴兄这话就同在我肺腑里掏出来的一样？"

说至此，两人又商量了一阵。就此新红同吴禄堂先到桐柏山来，和孙虎胆、铁铁、朱空元在桐柏山下相会已毕，彼此各说了一个暗号。吴禄堂、新红二人遂向北京进发。

且说和珅自从订定震记镖局押解彩礼到湖南去，先令他的二公子由几个家将护往湖南客寓中住下。到了三月二十八日这一天，褚震远押解彩礼，出了北京。和珅怕有变头，却令三个会把式的家将随行监护。直至四月初一日，和珅见直隶省府州县官员飞来雪片的文书，说彩礼一路上可无风险，和珅大喜，计程当在端阳节前，彩礼可到湖南。忽然和珅有个同乡人——开镖局的许广泰，有机密话求见。和珅当把许广泰接到小书房内，问许广泰有甚秘密，快快说来。

许广泰叩头禀道："老相爷曾令褚震远押解彩礼前往湖南，论褚震远的本领，若凭着赤胆忠心，肯报效老相爷栽培之恩，一路上可保没有风险。谁知这东西不怀好意。"

和珅听许广泰这一派的话，疑惑许广泰同褚震远妒行忌业，前来诬陷褚震远的，便向许广泰冷笑一声道："你敢在老夫面前诬陷好人，你说褚震远不怀好意，是怎么样不怀好意？仔细你的脑袋，休再在老夫面前说着满口梦呓。"

许广泰又叩头说道："不但老相爷相信褚震远太甚，就是小的何尝想褚震远绝不肯辜负老相爷栽培之德。褚震远若真肯报效老相爷，没有变卦，他有什么亏心，他的老母已搬开北京去了。"

和珅听到这里，暗暗愕了一愕，便调换了一副卷帘式的脸面,说道:"你是老夫同乡,须比不得褚震远,你在老夫面前,诬陷了褚震远,就是欺负老夫。你有几颗脑袋,竟来欺负老夫?谅你也没有这吃雷的胆。你说褚震远已搬开北京,是你自己打探出来,哼,还是由别人告诉你的?"

许广泰绝不迟疑地回道:"是别人告诉小的,不是小的打探出来的,这件事京中吃镖行饭的人知道很多,可不是小的诬陷了褚震远。"

和珅又问道:"告诉你的人,还是你的朋友,还是褚震远的朋友?"

许广泰回道:"这人不能算是小的朋友,却是褚震远的朋友,但他的本领比褚震远高强,也算得起是个硬汉。他曾暗暗对小的说,褚震远的老母已不在北京,搬到别处去了。褚震远平时很是靠得住的,不图这一份彩礼价值一百多万,怕他利令智昏,聪明一世,也会糊涂一时。"

和珅又问道:"这人唤作什么名字?"

许广泰道:"这人叫吴禄堂。"

和珅道:"现在哪里?"

许广泰道:"却被小的扭至老相爷的门房。小的曾问他:'褚震远究是怎样地垂涎这一份彩礼?'他只回一句:'我不知道。'"

和珅即昐咐一个戈什哈:"把吴禄堂传来说话。"

不一会儿,吴禄堂便随着那个戈什哈走进小书房来,先翻着两个眼珠望着吴禄堂。

戈什哈喝一声:"跪!"吴禄堂才慢条斯理地跪了下来。

和珅道:"你叫什么?"

吴禄堂回道:"小人叫吴禄堂。"

和珅道:"你住在哪里?"

吴禄堂道:"小人从先在震记镖局住了一个多月,现在已穷得没饭吃、没衣穿,有什么住所?"

和珅道:"你在震记镖局住了一个多月,还是褚震远赶你出来,还是你自己辞退出来的?"

吴禄堂道:"褚震远原不敢赶小人出来,小人怎肯再在他镖局里住下去?"

和珅听毕,沉吟半晌,说:"既如此,是你自己出来?老夫问你,你怎知道褚震远聪明一世、糊涂一时?褚震远的老母现搬到哪里去了?"

吴禄堂道:"论理褚震远是小人的朋友,小人何敢冤赖褚震远？小人只知他老母搬离北京，老相爷问搬到哪里去，除去褚震远，谁能明白？小人因他的行径可疑，怕他利令智昏，聪明一世，糊涂一时。若问褚震远真个垂涎这价值一百多万的彩礼，小人不知他有这不良的念头，何敢在老相爷面前诬陷自己的朋友？但因褚震远平时的行径看来，未必开镖局的人竟会做一个强盗。"

和珅听罢，一半信，一半不信，吩咐许广泰自去，却向吴禄堂说道："你是个穷无所归的人，老夫抬举你，在相府当一名教师，每月薪金送你二百两，你可愿意不愿意呢？"

吴禄堂知道和珅因这件事未能了然于胸，要看监自己的意思，分明正中心怀，便也叩头谢恩。和珅终因褚震远在先不肯承这押解的重责，这回断不致有什么变卦，且震记镖局的信用，也是靠得住的，就因他的老母不在北京，便将他召回京来，办他的罪律，在情理上未尝说不出去。不过就中难免另有诬陷褚震远的人兴风作浪，将褚震远的老母劫去，也未可知。其人未能决定便是吴禄堂。褚震远押解的是彩礼，如果他的心怀叵测，当初给褚震远鼎力吹嘘的人，他们都开设一份镖局，拢共算来，也有百万的家私，何怕他们不赔偿老夫这一百万的损失呢？

想到其间，便一面令人调查褚震远的老母住址，一面把当初给褚震远吹嘘的人传来问话。谁知那些给褚震远吹嘘的人都已闻风远扬，褚震远的老母已调查不在北京，相府家人因这几种手续，足忙了有一天工夫。

第二天，和珅朝罢归来，听得这样消息，即命人将许广泰传来商议，吴禄堂也立在一边。大家说来说去，终觉那计较不甚妥当。还是和珅出了一个主意，准备差人去通知褚震远，说："老相爷已经奏明皇上，一俟贵教师解礼回京，便保荐贵教师充当御教首，且有老相爷的亲笔信件。"

和珅叫差官去这样说，料想褚震远贪想朝廷的官爵，绝不会发生意外。等待褚震远回来，他还不是做他震记镖局的镖师，谁保荐他做御教首？

谁知许广泰还没走出，差人还没有动身，和珅坐在一把红漆椅面上，案上焚着一炉好香，两边的戈什哈排得密密层层，一个个执枪佩刀，都显出雄赳赳、气昂昂的样子。吴禄堂站在和珅的左边，许广泰站在和珅的右边。这当儿,忽听得一阵风瑟瑟作响,只吹得案上的烛光闪闪烁烁,炉中的香烟摇摇无定。

和珅看有一团黑影要从门外直滚进来,两边的戈什哈一齐都嚷着:"捉刺客!"

说时迟,那时快,和珅陡然觉得有光闪闪、寒簌簌的一件东西要飞到自己的脑袋上来,那东西恰好被吴禄堂一手接住。吴禄堂唏喝了一声,再看那黑影已不见了,案上的烛光仍是照彻得同白昼相似,炉中的香烟依旧在空中袅袅盘旋着。

吴禄堂自告奋勇,想去将那刺客捉来,却被和珅一把拉住,抖战道:"向哪里去?你不……不……不怕死,老夫还要保全性命呢!"

吴禄堂方才罢了。这里许广泰同两边的戈什哈抢出门外,还不是白白噪呐了一会儿,哪里能捉住什么刺客?

再说和珅战栗了一会儿,看吴禄堂手里接的那件东西却是一把雪亮的快刀。将那把刀从吴禄堂手里接过来一看,心里还是簌簌地乱跳,暗暗叫着:"好险好险!"忽然一眼看到那刀柄上嵌着"褚震远"三个蝇头小字,和珅心里才明白起来,原是这厮想吞吃那价值一百万的彩礼，怕老夫飞发文书，追捕他安身不得，特地前来行刺老夫，别项的情节，还令人可疑，这把刀是假不来的。

想到其间，许广泰已回得前来。和珅便将刀上的蝇头小字指给吴禄堂、许广泰看，问吴禄堂这事该怎么办。

吴禄堂低头沉吟了半晌，故意露出很诧异的样子，向和珅禀道："褚震远虽是小人的朋友，他有什么不正当的行径，小人不敢不说。但是今夜的事，老相爷可看清褚震远的面貌？安知这把刀不是陷害褚震远的人，把褚震远这把刀盗来，在老相爷案前行刺，嫁祸褚震远的？小人的本领本来吃得住褚震远，但看那东西的本领，却也不在褚震远之下，他要真个和老相爷有仇，想行刺老相爷，也不是这样的刺法了。等待老相爷五更上朝的时候，半路行刺，随便怎样，老相爷是绝对逃不了的。一则老相爷的洪福齐天，再则那东西的目标，绝不是专为行刺老相爷而来，老相爷的明见万里，这件事小人倒有一个计较。"

和珅道："你有什么计较呢？"

吴禄堂道："小人受老相爷的栽培，万死不足报谢，如果是那东西专来行刺老相爷的，听得小人现在府里，也绝不会再来献丑。老相爷终疑褚震远的这把刀是假不来，不若暗暗发下一道文书，令这位许教师前往押镖，将褚震远拿回审问，并有相爷的家将押着镖车，褚震远有什么不良的行径，终究也瞒不来的。小人也愿帮同许教师一行，未知老相爷的钧意以为怎样？"

和珅听他这话，像煞有点儿道理，暗想：若是褚震远前来行刺，这彩礼早被他干没去了，不是他前来行刺，也要把他拿回京来，问一个水落石出。吴禄堂既同褚震远做过朋友，必有踩获褚震远的能耐。如果疑惑吴禄堂是来陷害褚震远的，理想上绝不符合；如果疑惑吴禄堂是个强盗，事实上又绝不符合。事情到这一步，本当照准他的意思，但因今日受这一场的惊吓，如何便肯放吴禄堂去？想到这层，心里有些踟蹰起来。

吴禄堂已看出他的神情，便又从容禀道："小人有一个族弟，现在京中无事，本领也绝不在小人之下，小人敢保荐他前来，护卫老相爷。老相爷可知强盗剽劫镖车，必同镖师伙通，没有同镖师伙通，做强盗怎敢擅劫镖车？小人在江湖上奔走多年，深知那些响马强盗，本领都不及镖师高强，如果他们有当镖师的本领，也不用鬼鬼祟祟做个万人之敌的强盗了。何况许教师的本领亦复不弱，再有精兵前去保护，还怕什么强盗？有许教师前去押解，纵然那褚震远已吞吃了彩礼，小人受老相爷深仁大德，凭这一点儿本领，也有几分把握，把那彩礼从他手中仍取得回来。教师押往湖南，小人却将褚震远拿回府中审问。不过褚震远委系被仇人所陷，还望老相爷开一面仁人之网，轻轻开放了他吧！"

和珅听到这里，因为吴禄堂解救了自己性命上的危险，相信他的本领高，而且手段厉害，绝不致伤坏自己的事，一切均照准他的意思办法。

许广泰也感激吴禄堂鼎力保荐他这一笔生意，快乐得了不得，谁知已上了吴禄堂的欺骗了。

正是：

暗箭算人终被算，奸雄二字愧称君。

欲知后事如何，下回自有分解。

评曰：

　　明于观大，暗于观细，此才人之通病也。和珅气能慑万乘之尊，而为强盗所欺，虽则新红、吴禄堂之贼计难防，能玩弄位极人臣之奸相，亦和珅有以自取之也。文笔精警异常，绝无丝毫松懈之病。

　　新红此回出场，又是一番局面，看似寻常实奇特，成如容易却艰辛。

第十五回

花好月圆多情成眷属
枪林箭雨平地动风波

话说和珅听信吴禄堂的话，按着吴禄堂将他族弟吴玉堂带到相府来。和珅看吴玉堂丰神潇洒、俊秀绝伦，又听吴禄堂说他的本领很好，便将吴玉堂收在身边，取出褚震远的那把秋泓分水刀，赏给了吴玉堂。

看官要问，这吴玉堂果唤作吴玉堂吗？在下且不说穿，大略诸君也瞧科了八九分了。

闲话休烦，且说和珅拨了二百精锐的兵勇，令吴禄堂带着许广泰及广记镖局的伙计们，一路向湖南道上行去，得相机行事。

吴禄堂领命去后，有一夜，和珅在文书房内写着奏折,也不知哪一个官儿的晦气,忽听吴玉堂唤一声:"捉刺客!"

话才说完,吴玉堂已穿出门外,蹿到对面屋瓦上。府里上上下下的人听得这一声捉刺客,大家都不由得哗噪起来,和珅更是个惊弓之鸟。

吵嚷了好一会儿,已觉得风平浪静,唯有吴玉堂不知到什么地方去捉刺客了。

和珅虽勉强按定心神,他傍类权奸巨憝,不怕天地,不畏神明,不惧君上,不慑同僚,所提心吊胆的,就是怕这些无法无天的刺客。于今吴玉堂已不在身边,请问这心神是如何镇定得来?就不由越想越怕,不住用手在脑袋上乱摸,深恐这脑袋有了损坏。及至摸到脑后三根毛的一条小辫子,方才恍然大悟,知道那刺客并没有伤害这个脑袋。还怕再有什么刺客前来,便聚集相府里戈什哈把他簇在中间,又令一个门客穿着自己的衣服,坐在自己的椅子上,自己反立在旁边,像个门客的样子。

相府里上下人等都如下了紧急戒严令一般,听哪里有什么风吹草动,都疑惑是刺客前来。

忽然,有人到文书房里报告说:"吴教师回

来了。"

和珅这一喜非同小可，果见吴玉堂从外面走进来，向案前一跪，吓得那个门客连忙让开一边。

和珅一面换着自己的公服，一面听吴玉堂禀道："托老相爷的洪福，刺客已被小人杀了。"

和珅道："拿来！"

吴玉堂道："拿什么来？"

和珅道："拿刺客的人头来。"

吴玉堂道："匆忙间没有割得那刺客的人头，有这把刀可做见证。"

和珅忙接过那秋泓分水刀一看，果见刀上鲜血殷然，像似才杀过人的样子，也就毫无疑惑，将吴玉堂看作自己的性命一般，呼为堂儿，顷刻不放吴玉堂擅离左右，以致朝朝防着刺客，夜夜把"刺客"二字放在心里。似这么过了五日，却也安然无恙，也就把防范心思渐渐有些松懈下来。

那夜忽不见了吴玉堂，和珅便问身边的戈什哈："堂儿到哪里去了？"

戈什哈也因吴玉堂忽然不见，暗暗诧异，大家仓皇不知所对。却听得屋上有人打着哈哈叫道："下面听着,老子叫新红,是山东田士杰的好友,不叫作吴玉堂。你的彩礼要到了老子同伙人手里,却不用再留在你这地方了。"

新红说完这话,早使动飞檐走壁的功夫,眨眼之间,已不知去向。

那些戈什哈们还要准备给他放几支送行箭,和珅摇手,意思是禁止他们。鸟乱一阵,和珅又愣了一会儿,暗想:这是从哪里说起?老夫只当作吴家兄弟是老夫的爪牙心腹,原来却是两个江洋大盗前来欺负老夫的。究竟他们为何这样前来欺负?专剽劫彩礼?便当剽劫彩礼,却在老夫面前故意卖弄他们的本领,是什么意思?

任凭和珅有那么大的才智,却也想不出个所以然来。直待和珅所差遣的兵勇回来,称说镖车路过桐柏山下,遇着一班响马强盗,把金珠、珊瑚、玛瑙等珍品一股拢儿剽劫去了,那为首的强盗却是吴禄堂,许教师已经被吴禄堂一刀刺死,广记镖局伙计兵勇已经死者甚多,褚震远和汪铎、郭凤三人及震记镖局的伙计已经不知去向,家将已经在周家口客店被刺。

和珅听完这话,益发佩服这班强盗的手段,比做官人还厉害呢。一面飞文密捕一众强盗，一面飞马到湖南去，请他的那位锦衣肥脑的二公子回来，约会湖南总督来京订彩。这且不在话下。

却说新红在娄山聚义厅上，同褚震远、吴禄堂、汪铎、郭凤、孙虎胆、铁铁、朱空元等人吃着喜酒，大家欢呼畅饮，无所不谈。

原来新红在相府高叫捉刺客的那一夜，正是新红到周家口客店刺杀三名家将的那一夜，也正是吴禄堂领着兵勇围住客店的那一夜。新红离开相府那一夜，正是吴禄堂和新红交手诈败的那一夜，也正是吴禄堂同孙虎胆、铁铁、朱空元在桐柏山杀死许广泰，割劫价值一百多万的珠钻珍物的那一夜。这案件虽由吴禄堂从中帮忙，拿许广泰做个傀儡，却完全是新红出的主意。

新红在吃酒的时候，高谈阔论，自以为欺骗和珅，也算得生平第一快心的事。孙虎胆问他何不将和珅一并杀掉，一般也给中国人除去了一匹害群之马。

新红摇摇头说："这个文侩，他有百件恶，却有一件好处。你看满洲做皇帝的，总欺负我们中国人没有心肝、没有血性，把中国人当作猴狲一般玩弄。唯有那个和珅，防强盗的手段不足，但他有这本领去欺负满洲人，把满洲那个精灵强干的聪明天子也当作猴狲一般玩弄，也为我们中国人稍泄去胸中不平的气。他有这件好处，我也落得寄下他这颗头来。"

铁铁和一众英雄听了，都点头说好。当日散了筵席，共同商议恢复国土的大计，他们的气焰日高千丈，几似弓在弦上，有不得不发之势。

新红又到宿迁古家村，准备将韵燕带到娄山。刘耀南那时因古老实已死，古家的人多有觊觎古老实的遗产，同耀南争执不休。

耀南遂同翠姐商议道："我有这支笔，随便到什么地方，都不愁混不到一碗饭吃，我是刘家的子孙，何必赖在这里，享受你古家财产？"

翠姐不愿违拗刘耀南的话，适值新红到来，翠姐早经从耀南、韵燕口中探出新红是个男子，并且称得起是个侠盗，大家收拾收拾，将细软打捆一包，同耀南、韵燕二人，随着新红到得贵州娄山，就此安心住下。

耀南便请褚震远、吴禄堂做媒，使新红、韵燕二人得成多情的眷属。茜纱窗内，红锦帐中，玉体新偎，檀郎在抱，更比名义上的夫妻进一层了。画不尽的殢雨尤云，叙不尽的恩山情海。

次日清晨，新红方才起身，小喽啰便将他请到聚义厅上，却见吴禄堂、褚震远、孙虎胆、铁铁、朱空元、刘耀南六人都团坐在聚义厅上。新红也随例坐下，当由铁铁向新红说道："我们蒙新兄、吴兄的鼎力，自从劐劫和相国府这一份彩礼，我们的饷源已算有了着落。大家义气为重，一众弟兄都像梁山泊上李大哥李逵、石三郎石秀，自是以后，我兄弟要将一切事务全部都交给新兄手里，要听新兄的调度，仍请新兄坐第一把交椅。新兄其许我。"

铁铁说完这话，竖起一只左膀子。孙虎胆也随着他的意思，把那只膀子竖得高高的。吴禄堂、褚震远也都把膀子直竖起来。

刘耀南不知这是什么规矩，口里只称说一声好，却叫新红有些为难起来，面上很露出不然的意思。他对于人情世故，阅历很深，知道这件事万万不能擅自承认，随即也举起右膀子，向着铁铁说道："铁大哥说哪里话来？无论兄弟的能耐及不上吴、褚二位兄长，我们都是有家无归，承孙兄和铁兄的盛情，不把我兄弟们推出大门之外，就算二位看在义气分上，不曾薄待我们。至于一切事务归我调度，这话请再休提。"说完这话，向众人打了一个照面，仍将那只右膀子竖得直挺挺的。

铁铁见他十分坚拒，心里好生不乐。

孙虎胆道："我们是实心实意要求新兄管理全部事务，新兄一定不肯答应，这算是什么大不了？做强盗造反，又不是为我们几个人撑着局面，大家不如就此解散了吧！"

褚震远、吴禄堂都同声说道："在新君的意思，我们两人是瞧得出的，武艺好有什么大用？我们两人的才智万不及新君，请新君快些顺从了吧！"

新红也是仓皇失措，忙说道："无论如何，这件事叫我新红绝不肯有占众位哥哥。"

众英雄听他这话，都是你望着我，我望着你。

大家吃过早点，还是刘耀南想了一个主意，他说："众位首领都推让新兄，新兄不肯接受，新兄却也有新兄的苦情。依兄弟的意思，此刻各人分部担任军权，凡事得从长计议，将来有这造化，能将这山河光复过来，再选择聪明贤能之主。不过这时新兄肩上的责任比众人要负担大些，新兄若再推诿，叫众英雄何以为情？"

众人听他的话，都像暴雷似的叫一声好。新红不由堕下泪来，说道："承哥们如此错爱，叫兄弟如何谢报？"

从此，新红虽不曾做了山寨之主，但他们这几位豪侠在娄山揭竿起义，先夺了娄山关，再占据梵净山，又夺了关索岭，军声所至，一般也电闪旌旗、风吹鼙鼓，新红的威名，几似半空中响了几个霹雳，一时轰动贵州的全省。贵州的抚军柳云岚调动各府的兵马前往会剿，无如那些老弱的残卒多是吃饷不会打仗的家伙，怎当得新红的叛军人人奋勇、个个当先，竟将那一班官军杀了个落花流水。柳云岚报急京师。

那时扬州知府葛鉴堂已调升进京录用，由六部议定，任葛鉴堂为贵州抚军，以代柳云岚往贵州剿抚叛军。

葛鉴堂接任以后，贵州的府县官员以及各将校进辕叩谒，葛鉴堂问道："清平世界，你们这地方怎会发生叛逆？"

即有一个统制官进前禀道："回禀大人，卑职在这地方当过十多年的差事,这地方的盗案如山,向没有被获过正凶。就因娄山那一班强盗厉害非凡,他们的行踪飘忽不定,如今已酿成了叛逆。前任柳大人费尽心力,也剿灭不了这一干盗叛,反丧坏军士一千二百五十名,被盗叛夺去马匹、器械、粮饷无算。"

葛鉴堂听了,怒道:"混账!强盗是强盗,不是妖怪,他既反叛,如何不能平复?国家靡费币银,养了你们这些东西,强盗在境内扰乱了十多年,你们竟不能破获,反给强盗跋扈得不成模样。你们这种东西,有何用处?都给我出去吧!"

那个统制官和贵州的文武官员,见葛抚军这种盛怒难犯的样子,诺诺连声地退去了。

就中有人议论道:"柳大人在这里做了十多年的抚军,也没有这样威武,怎生这姓葛的到来,便认真呵斥我们起来?这还了得,他不过是一个书生罢了,怎做得统兵的大元帅?几时他犯到反叛手里,给反叛杀了头,他才知道反叛的厉害呢!"

不表众官员在背地的言论,再说葛鉴堂当日退帐以后,暗想:强盗在境里盘踞了十多年,一班领兵的人都没法剿抚,强盗便有天大的本领,不是小觑军营无人，怎敢如此猖狂？本院看这些当兵吃饷的东西，一般也穿制服、佩腰刀，实则没有逼人的威风。本院不奉命前来剿抚便罢，既奉命前来剿抚，若不将这件事办个水落石出，断不甘休。

葛鉴堂打定了主意，无非严令贵州大小将校，务将娄山等处的盗叛剿平，只许胜，不许败，胜则加功，败则按军法从事。可怜贵州那些大小将校，拼着性命前往剿袭，盗叛没有剿平，官兵又折去了一半。回来只向葛鉴堂叩头认罪，异口同声说："实在那盗首是不易剿灭的，若能剿灭，也不让他们在境里扰乱十多年了。其中的盗叛新红，卑职们也不知他有多大的本领，无论有多少人将他围住，箭既射他不着，刀又砍他不来，终被他搴旗斩将，杀出重围，眨眨眼便不见他的影子了。"

葛鉴堂听将校都是这样说，剿既不易剿灭，只得用那个"抚"字，但没有道路可通。

这夜二更时分，葛鉴堂兀自闭门坐在后帐，心里像似思索什么似的，有两个亲兵随侍左右。忽听得咣当一声，两扇大门开了，就见凭空飘进一个人来。葛鉴堂只觉得奇怪，心中并不害怕。

正是：

胸有戈矛心是铁,缚将奇士作军人。

欲知后事如何,且看下回分解。

评曰:

新红之入相府当教师,看似毫无用意,然参观第二回书中,新红之盗珠环,亦复有何用意,新红因盗中之人杰也,其一举一动之间,夫岂无大用存焉?天下唯有本领人,能爱有本领人,亦唯有本领人,喜在有本领人面前卖弄其才智。使新红而不遇熊捕头,则无盗珠环一事;使和珅而非神奸,则新红无入相府当教师一事。新红之不杀和珅、熊克明也,亦唯有本领人能爱有本领人耳。

新红的声势,在贵州将校口中说来,倍有精彩,思想不落旧蹊。

第十六回

谈天数抚军戡叛乱
解戈甲大盗隐渔樵

话说葛鉴堂见是一个老道士飘进门来，低眉合掌地站在帐前，并没有加害自己的意思，遂镇定心神，令一个亲兵斟上茶来，送到老道士面前。那老道士满身是土头土脑的气概，一领黑色的道袍，破旧得不成模样，面庞枯瘦得像似已有多少日子没有吃着什么，饿成了如此形样，两眼凹陷了进去，是睁是闭，却看不出来。似这种老道士，在这赤羽金戈抚军后帐前面，不但有雅俗之分，简直有仙尘之别。

葛鉴堂的凤根甚深，生成两只慧眼，见这老道士枯瘦脸色，虽则黄中透黑，却很有些光辉。再低头看他一双精光的脚，没有穿着鞋子，骨头、血管都露在外面，脚指甲都有二三寸长，亮油油、黑漆漆的，又像十个铁指甲一般。

就因这老道士形样举动都有些奇怪，早知他是不凡的风尘道侣，先令亲兵敬上一杯茶，壮大着胆量，走下帐来，向那老道士笑道："下官固知长者不是凡俗之辈，今夜法驾光临，还求恕下官不曾拥帚迎迓。"

那老道士听了，便睁开眼来，眼光在葛鉴堂脸上摇闪了几下。葛鉴堂的目力本强，不知怎么样的，碰到老道人两道闪电似的眼光，他却闪得有些眼花缭乱起来。

那老道士闪了几眼，才堆出满面的笑容，说道："有根气的，毕竟不同。贫道有一句话，特来请大人示下，使贫道有所着手。"

葛鉴堂从容问道："请示老道长的法号、住址，并有何见教？"

那老道士回道："小鹿野鹤，没有法名，也没有一定的住址。但贫道来的意思，特地为小徒请命。"

葛鉴堂道："令徒究是谁人？可曾犯法没有？"

那老道士笑了一笑道："犯法这句话倒难说呢，

贫道说他们是不犯法，大人说他们是犯法。"

葛鉴堂不待老道士辞毕，又从容问道："老道长这话带着禅机，使下官颇难索解。"

那老道士道："这又有什么难解？贫道有两个小徒，就是大人所欲剿平的新红、褚震远。他们若吃的是皇家粮，用的是皇家饷，他们本来服从皇家的法度，若和皇家反对，他们便犯法。他们心目中已没有皇家的法度，同皇家站在敌人的地位，成则王，败则寇，已不知什么是法，只知道不悖天理、不违人情，更不懂得什么叫作犯法。"

葛鉴堂道："识时务的才是俊杰，他们纵不犯法，也该见机而作。这是什么时候？他们几个人能干得甚事？好汉子竟糊糊涂涂地逆天行事，也太不自量了。"

那老道士忽然抬起头来，长叹了一声道："真是青天大人，明见万里，猜大人的语气，也识得他们是好汉子，埋没了真可惜。满洲人的国运正隆，原不是他们几个人能把乾坤扭转过来，贫道看他们终不是个打天下的人物，这时候实在又不是打天下的时候，他们若不知天数、不审时机，也总有釜共舟沉的一日。贫道不忍坐视他们灭亡，所以特来到大人帐前请命。"

葛鉴堂听了回道:"他们若知道是违逆天数,前来报诚,我姓葛的也是一个有血性的人,断不肯做那贪功欺人的事。"

那老道士道:"他们若蒙大人恩遇,贫道敢不前去劝令他们解戈卸甲?只是贫道还有下情奉禀。"

葛鉴堂道:"老道长有什么话,尽管说出来。"

那老道士回道:"推诚的话,恐怕他们是办不到的,贫道得求大人格外开恩,可怜他们也是血性的人物,上至盗魁,下至喽啰,让给他们就此解散了吧。此后如有在大人治下造反做强盗,贫道以一辈子的信用,敢担保送他们到大人帐前惩办。"

葛鉴堂道:"下官此次奉命而来,平治这班盗叛,还是剿呢,还是抚呢,下官得便宜行事。但求他们就此解戈卸甲,牧马归田,何忍多戕生命,以争战为儿戏呢?"

那老道士道:"不瞒大人说,贫道那两个小徒已受贫道的劝解,再不敢违逆天机。至于小徒们几个同事的朋友,都信仰两个小徒,听两个小徒平时的话,并信仰贫道是个能知过去未来的人,其实这都是他们胡吹瞎说,贫道虽薄有一些道力,不过见事比别人透彻些，究竟不是个神仙，哪里知道过去未来的事？

"昨夜贫道去见他们，看他们那种气派，一个个都义愤填膺，恨不能立刻打到北京，找皇帝老子算那一百年来压制中国民族的账。贫道当时脸上颇露出不以为然的神气，便唤过我那两个小徒来，说道：'你们这是干什么的？在这不平的时代，你们却要硬打复这个不平，戕害生命，违逆天和，要凭着血气之勇，做个流血成仁的人物。无论清廷的势焰不是你们几个做强盗的所能扑灭，即令你们有这造化，能把山河光复过来，凭你们这班人，能撑持偌大的一个中国吗？何况你们并不是打天下的人物，这时候又不是打天下的时候呢！武艺好有什么用处？你们因为有这点点武艺，便能横扫千军、驰驱戎马、痛饮黄龙一杯之酒，岂知清廷的国运正当隆盛的时候，你们便有十分本领，必有十一分本领的人帮助清廷，扑灭你们这班叛党；你们便有十一分本领，必有十二分本领的人出来，打你们一个金钟罩，无论闹得民不聊生，终不能把这个花花世界翻转过来，你们前者仆而后者继，势必至死无葬身之地。唉！凡事之不可理解者，不谓之天数，即谓之天命，数命已定，岂人力所能挽回？以顾亭林那么文也有武也有的人才，流离沉痛，奔走国事十余年，到头来还不是个无奈？于七倡乱山东，手下有本领人倒也不少，为什么就该那样的一败涂地？我的心最是仁慈不过，平时见人家杀鸡杀鸭，都不忍看，岂肯让你们妄逆天和，大开杀戒？"

"贫道那两个小徒素来知道贫道言不妄发，这回不请自来，阻止他们的雄心，他们还不是吞声忍气，干哭了一场？只说一声：'不怪人事不平，连天道也不平了。'

"就有小徒几个朋友，他们也知道贫道说话不会走板，虽想替中国人争回局面，究竟这局面怎够争回，也就相信'天数'二字是他们的对头星了。同着小徒们哭了一场，大家又商议了一阵。大人要知这一班没有涵养的汉子，其进锐者其退必速，他们议论的结果，情愿解戈牧马，连强盗也不做。只怕自己的兵旅退后一步，大人的军队必前进一步，若逼迫他们的兵旅不能安生，天下虽大，万物不容，竟没有容他们已做盗叛洗手的人，上至叛首，下至兵卒，有容身的所在，这一刀一枪、一火一炮仍是免不了的事，所以特请贫道前来，向大人案前请命。"

葛鉴堂听完这话，他虽是个书生，不是毫没有心肝的人，也不禁想着一干盗叛的情形可怜，暗暗洒了一掬同情之泪，当向那老道士说了一声："遵命！"

老道士道："大人出言，谅无更改。"

葛鉴堂道："丈夫一言既出，有何反悔？"

"悔"字才说完了，即见老道士向他打了个稽首，只一闪眼的工夫，已不知那老道士的去向。葛鉴堂当夜发下文书，传令前线各营军队撤回原防，只许退，不许进。遍张告谕，赦免一干盗叛，开脱他们一条自新的道路，如果再肆猖狂，定当兴师剿灭。

这一张告谕发下来，刚有五天的工夫，探子回报："关索岭的盗叛解散了军队。"

再过五天的工夫，梵净山的盗叛也就鸦飞雀散，势若瓦解。只不消半月工夫，娄山的盗叛也就徙避无余，剩了一个空寨。

葛鉴堂听了大喜，连忙申报朝廷。朝廷因葛鉴堂平乱有功，略加褒赏，仍令葛鉴堂巡抚云贵。葛鉴堂因贵州的叛案既然告一结束，贵州的人士都歌颂葛鉴堂的威德所至，竟使盗叛闻风远扬，哪里知道是散脚道人的功力呢？

葛鉴堂在贵州巡抚三年，很得贵州人士的拥戴。公余之暇，葛鉴堂每轻衣小帽，带着几个幕友，游览山景。

这日，是四月的天气，葛鉴堂带着两个幕友，一路游观。到了娄山，在半山间看见一个樵夫，腰里插着一把板斧，用一根芦柴撑住了一捆重约一百多斤的柴薪，高高地举过头来，缓步向山上行着。葛鉴堂看那芦柴不及小指粗细，如何能撑住一捆一百多斤的柴薪呢？因那樵夫在前面行着，只看得背后的身材，却没看见那樵夫的面庞是个什么模样，但看他用一根芦柴戳在那一百多斤的柴薪中间，撑得又高又直，又稳重又自如，不像似丝毫吃力的样子。

葛鉴堂诧异不小，便问那两个幕友说道："你们看见前面那个樵夫是个什么路数？"

那两个幕友一齐说道："我们看他不过在江湖上做过把戏的，略懂得一些法术罢了。"

葛鉴堂道："本院看他这是功夫，不是法术。玩把戏做法术的人，要搭起芦棚，遮蔽天日，这法术才玩得出，但只能瞒过俗眼的人，哪里能瞒得我们的眼力？这樵夫在青天白日之下，能使出什么法术来，他的法术也就不同凡响。不过在本院眼中看来，总觉得这是功夫，不是法术。"

那两个幕友又一齐说道："大人哪见得有这类的功夫？一根芦柴，又不是一根铁棍，怎撑得住这一捆一百多斤的柴薪呢？"

葛鉴堂道："近来本院虽不打熬气力、练习功夫，但练功夫这一类书，也曾见过几种。本院看他这是用的活力，不是死力，死力只能直接负物，他的活力，先练着身使臂臂使指的功夫，功夫到了十足的时候，这活力便由臂指直度到他指头捏着的什么东西上，这东西虽然是一个极软的东西，一度足了活力，使起来却像钢铁一般的硬。你们看他手上捏着一根芦柴，撑住了一捆一百多斤的柴薪，这一根芦柴上，度足了活力，比一根铁棍还要加倍坚硬。像这类好本领的人，砍柴为生，殊负天地生才之意，我们何妨赶上去问个明白？"

两个幕友都说一声："好！"

说也奇怪，这樵夫在前面约离葛鉴堂有五十步远近，他虽是缓步行着，然他的脚步却比做官人的八字官步走得要略快些，这时约离葛鉴堂有七十步远近了。葛鉴堂和两个同僚本来说话的声音不高,五步外便听不见了,那樵夫仿佛是练过修耳通的,葛鉴堂同两个幕友所说的话他一句句都听得清切,并懂得葛鉴堂的声音,又好像是个熟面的样子,却故意在前面三步当作一步走的,慢腾腾地走着。

不一会儿,葛鉴堂同两个幕友已走到他的面前,蓦地向他脸上一望,不由想起来了,说:"你不是当年到扬州府署那个田大老爷吗?你虽已改换男装,貌相无不神似,可知真面目是瞒不来的。五年前的大盗,怎么一朝洗手,做了个樵夫?"

那樵夫笑了一笑,便将葛鉴堂等带到一个柴门以内,令他的妻子做成酒饭,款待一番。葛鉴堂和他谈叙了一阵,他也毫不隐瞒,照情直述。

原来他正是当初在娄山揭竿倡乱的叛首新红,他的妻子便是刘耀南妹妹韵燕小姐。葛鉴堂听他的话,知道褚震远已随散脚道人去了,其余几个有名的叛党都已遁迹樵渔、名山退隐,那些喽啰们也由新红各送他们的资财,自去谋生,不做盗叛。刘耀南已携带妻子回归杭州原籍,新红每年必带着韵燕到杭州去探望一次。

葛鉴堂当日吃完了饭，很愿带新红到衙门中去，说："天生你这样的人，如果遁迹渔樵，与草木同朽也，太不值得了。"

新红道："说什么值得不值得？我新红不能实现我的心愿，做出那一番事业来，便是遁迹渔樵，君不得臣，并不受任何人的拘束，倒也罢了。若随大人到衙门去，我就更加一钱不值了。"

葛知府听毕，不欲强夺他的志愿，当日辞了新红，带着两个幕友，仍回省署，一路间向两个幕友说道："国家的封疆大臣，虽极尊严，若比较着心胸肝胆，哪里及得上这一个强盗呢？"

评曰：

散脚道人出场，看似突兀，其实已在上文预伏一笔，并不嫌突兀也。文中叙新红之解甲归隐，一变当初意计，全用虚写，不铺张。而新红之急流勇退，其心中有无穷的憾恨，其目中有无穷的泪痕，其喉中有欲吐而不吐的骨鲠，已昭然若揭矣。

新红辈听散脚道人之言，而解甲归隐

也，虽然天数不易挽回，在新红辈诚非"天数"二字所能拘缚，特不欲牺牲无量头颅无量血，以流血成仁而后快耳。有实归隐之后，有断然料其未至忘怀世虑。丈夫奋勇以前，则出如猛虎；知难而退，则入如狡兔，固不当如是耶。

结得令人不测，余韵锵然。